Elfi Sinn

Die Geheimnisse der Blauen Zonen

Cosy-Crime-Geschichten

Bibliografische Information der Deutschen Nationalbibliothek:
Die Deutsche Nationalbibliothek verzeichnet diese Publikation in
der Deutschen Nationalbibliografie; detaillierte bibliografische
Daten sind im Internet unter http://dnb.dnb.de abrufbar.

© 2024 Elfi Sinn

Verlag: BoD • Books on Demand GmbH, In de Tarpen
42, 22848 Norderstedt

Druck: Libri Plureos GmbH, Friedensallee 273, 22763
Hamburg

Titelbild: Rainer Sturm pixelio.de

ISBN: 978-3-7597-8782-8

Inhaltsverzeichnis

Wer ist wer?

Die Blaue-Zonen-WG:

Jessica Cramer, 63, hat einen großen Wunsch, sie möchte gesund 100 Jahre alt werden, dafür will sie mit einer Freundin gemeinsam ihre spezielle Blaue-Zone schaffen, sie backt leidenschaftlich gerne, liebt Stricken und Krimis

Andrea Kessler, 63, beste Freundin von Jessica, liebt Krimis über alles und berichtet über die WG auch bei Instagram.

Sylvie Warner, 65, kocht gerne und liebt Hühner und den Garten über alles und seit kurzem Haustierkrimis.

Lennart Fischer, 50, Bruder von Sylvie, pausiert wegen Long-Covid als Physiotherapeut, trainiert mit Dackel Buddy.

Fipps, 10, Computerspezialist, gehört zum Krimi-Team

Pippa, 6, seine Schwester.

Nicole und Lilly, geben Seminare zur Bewegung im Alltag, organisieren Line-Dance-Kurse.

Clemens, der Mann mit dem Zopf, Spezialist für Ernährung in der Blauen Zone, Vegetarier, aber nicht militant.

Der Experte

„Wie genau wird man gesund und munter hundert Jahre alt?"
Jessica Cramer sah nachdenklich aus dem Fenster, während sie wie
immer versuchte, alles genau vorauszudenken. Es war vieles, was
sie schon über den Weg zu diesem Ziel notiert hatte, aber daraus
ergab sich noch keine logische Kette von Aktivitäten.

Sie runzelte nachdenklich die Stirn und strich sich gedankenverlo-
ren ihre braunen Haare nach hinten, die die Eigenart entwickelt
hatten sich in alle Richtungen zu locken, aber nicht in die Frisur,
die sie gerne gehabt hätte. Wahrscheinlich stimmte es, was ihre
Freundin Andrea immer betonte, dass sich im Körper einer Frau
alle sieben Jahre etwas grundlegend veränderte.

Und sie war im November 63 geworden und in Rente gegangen,
aber das war doch nun wirklich kein Grund dafür, dass ihre Haare
machten, was sie wollten! Sie schüttelte irritiert den Kopf und sah
wieder hinaus.

Der Regen hatte nachgelassen, die Märzsonne schien schon muti-
ger und wärmer als in den vergangenen Wochen, so dass die He-
cken an der Südseite des Hauses schon die ersten Knospen zeigten.
Es ist wahrscheinlich höchste Zeit, um auch mit dem Garten voran-
zukommen, überlegte sie. Sie hatten zwar gemeinsam bereits einen
großzügigen Plan entworfen, aber bisher war der Boden lediglich
umgegraben und dafür hatte ein junger Mann letzte Woche gesorgt.

Jessica öffnete das Fenster und beugte sich hinaus. Sie genoss fast erstaunt die warme Luft und die anderen vorsichtigen Anzeichen des Frühlings, die sie bisher kaum wahrgenommen hatte.

Denn in den vergangenen Wochen, seitdem dieser bewusste Brief ihr Leben völlig umkrempelte, hatten sie und Andrea wie im Fieber gearbeitet, Wände gemalert, Türen gestrichen, ein Bad komplett neu eingerichtet und endlos geputzt. So ein altes Haus brauchte wirklich sehr viel, bis es ihren Wünschen und Anforderungen entsprach, aber das machte ihr nichts aus. Sie war ein echter Fan von Fixer-Upper-Sendungen im Fernsehen. Daher störte es sie überhaupt nicht, sich die Hände schmutzig zu machen und tagelang auf Knien zu arbeiten, denn schließlich war das jetzt ihr Haus.

Sie lächelte zufrieden. Zum ersten Mal im Leben gehörte ihr ein Haus, etwas, womit sie nie gerechnet hätte. Eigentlich gab es zurzeit viel in ihrem Leben, womit sie nie gerechnet hatte, dachte sie etwas selbstironisch.

Das begann schon mit dem missglückten Einstieg in die Rente. Solange sie davon träumte in den Ruhestand zu gehen war sie überzeugt, dass die langersehnte Freiheit und das gründliche Ausschlafen sie restlos glücklich machen würden. Endlich keine nervigen Auseinandersetzungen mit Krankenkassen, keine sinnlose Bürokratie, keine Doppelschichten, sondern erholsame Ruhe, die Aussicht den begonnenen Pullover fertig zu stricken und ausreichend Zeit zum Lesen. Endlich könnte sie sich ausgiebig den geliebten

Krimis widmen, die sich schon in ihrem Bücherregal stapelten. Sie mochte keine harten Storys, keine psychologischen Abartigkeiten und auch nicht eimerweise Blut, sondern bevorzugte weibliche Detektivinnen, die mit messerscharfer Intelligenz, viel Spürsinn und auch einem Hauch Humor ihre Fälle lösten. Ihr gefiel Paislee, die schottische Hobbydetektivin von Traci Hall, die genauso gerne strickte wie sie. Andrea, die auch leidenschaftlich Krimis las, mochte mehr die taffe Eve Dallas aus den Romanen von Nora Roberts, aber beide kamen immer wieder auf die Geschichten von Agatha Christie zurück, in denen die etwas abwesend wirkende, aber immer scharf beobachtende Miss Marple ganz gelassen ihre Fälle klärte.

Schon nach wenigen Wochen verging der Zauber der unbegrenzten Lesezeit und sie begann sich zu langweilen. Lesen war toll, aber den ganzen Tag? Und selbst als es ihr gelang das komplizierte Muster des Norwegerpullovers fehlerfrei hinzukriegen, machte sie das nicht zufriedener. Zu ihrer eigenen Überraschung begann sie sich in der endlosen Freizeit nutzlos zu fühlen, sie fing sogar an, ihre Arbeit zu vermissen, vor allem den Austausch mit den Kolleginnen oder den Freitagabend-Absacker mit Julian, dem netten Kollegen aus dem Sicherheitsbereich, der auch für Krimis schwärmte. Eine Familie mit der sie sich hätte beschäftigen können, gab es nicht. Ihre Eltern waren schon relativ jung gestorben und Kinder waren ihr in ihrer kurzen Ehe nicht vergönnt. Und das ständige Lesen brachte leider auch einige Nebenwirkungen, denn sie hatte immer wenn die Spannung stieg, fast automatisch zur Pralinenschachtel oder den kleinen Schokotäfelchen gegriffen.

An dem Morgen, als sie total überrascht bemerkte, dass sie 12 kg zugenommen hatte, war ihr sofort klar, dass sie jetzt handeln musste.

Am Nachmittag kam Andrea vorbei, die mit ihr gemeinsam in der Verwaltung einer Klinik für mikroinvasive Chirurgie gearbeitet hatte und auch zum gleichen Zeitpunkt in Rente gegangen war. Ihr erzählte sie natürlich empört davon, aber sobald das magische Wort *Zunehmen* fiel, schoss die sofort in Jessicas Bad und auf die Waage. Der folgende markerschütternde Schrei bestätigte, dass sie ähnliche Sorgen hatte. „Wie kann das sein, in so kurzer Zeit? Ich esse nie wieder Pralinen!"

Jessica lächelte nur, denn das hatte sie schon oft gehört, aber Andrea meinte es ernst. „So können wir wirklich nicht weitermachen, jeder kann doch sehen wohin das führt, das ist ein Selbstmord mit Messer und Gabel! Ich habe sogar noch mehr zugenommen als du und meine Taille hat sich verflüchtigt. In meiner Zeitschrift steht, dass man mit einer Taille unter 85 Zentimetern viel gesünder wäre und länger lebt, gestern hat die Schneiderin gemessen und weißt du wie weit ich davon entfernt bin?"

Andrea lief hin und her, während sie Jessica immer noch fast anklagend anstarrte. „Ich will nicht tatenlos zusehen, wie wir dick und krank werden und dann auch noch früh sterben. Wir müssen etwas anderes mit unserem Leben anfangen und uns mehr bewegen, von mir aus auch selbst hinter den Gaunern herrennen wie im Krimi, so mehr als Motivation."

Jessica schaute zweifelnd. „Motivieren müssen wir uns schon selbst, aber du hast recht. Wir brauchen ein richtiges Projekt, das uns ein Alter ohne Krankheit garantiert."

Sie hatte zwar keine Ahnung, wie sie das angehen könnten, aber so ein bedeutendes Vorhaben in ihrem reifen Alter zu planen, gefiel ihr. Also begann Jessica darüber nachzudenken und ertappte sich in der Folgezeit immer öfter dabei, dass sie bei diesem Thema hellhörig wurde und sich Notizen machte.

An einem der feucht fröhlichen Abende zum Thema *Wein, Weib und Geheul* diskutierten sie ihre bisherigen Erkenntnisse immer noch, obwohl es schon ziemlich spät war. Andrea schwenkte ihr Weinglas etwas zu schwungvoll, während sie feststellte: „Das Leben wäre viel schöner, wenn wir als 80-jährige geboren würden und dann langsam, ganz langsam die 18 erreichten. Das hat Mark Twain gesagt und ich finde, der Mann hat recht."

Jessica nickte nur, während Andrea fortsetzte: „Wir wären auf jeden Fall viel klüger, viel erfahrener und wüssten, was wirklich wichtig ist. Damals mit 18 waren Männer das wichtigste Thema in meinem Leben, aber heute? Nein danke! Für eine neue Beziehung habe ich echt keinen Bedarf, besonders, wenn ich mich an die erinnere, die ich hinter mir gelassen habe. Und wenn ich an deinen Ex denke, wie der sich dir gegenüber benommen hat, so subtil, wie ein Schwein in Stöckelschuhen! Warum sind uns nie rechtzeitig solche Männer wie Julian begegnet? So einen im passenden Alter hätte ich vom Fleck weg, genommen und auch behalten." Dann erhob sie erneut ihr Glas sehr schwungvoll: „Trinken wir auf die Männer, die wir lieben und nicht auf die Penner, die wir kriegen oder hatten!" Sie schüttelte sich so übertrieben, dass ihre goldblonden Locken um den Kopf schwangen und Jessica schon Mühe hatte, ihr mit den Augen zu folgen und setzte fort. „Der einzige Wunsch, den ich jetzt noch habe ist, gesund zu bleiben und das Alter unter uns Frauen so richtig zu genießen. Ich habe ja nichts gegen Männer, aber in unserem Alter sind wir eigentlich erfahren genug, Männer höchstens noch ambulant aufzunehmen, aber nie wieder stationär!"

Jessica kicherte, denn das konnte sie gut nachvollziehen. „Vor allem wenn sie in dieser schwierigen Phase sind, zwischen gepflegt aussehend oder gepflegt werden müssen."

Jetzt gluckste Andrea, bemühte sich dann aber wieder um Konzentration. „Eigentlich hoffte ich immer darauf, dass die Medizin irgendwann so weit wäre, echte Verjüngungsmöglichkeiten anzubieten, so wie bei Eve Dallas. Dann würden wir beide etwas mühselig in diesen legendären Jungbrunnen steigen und auf der anderen Seite jung und fit heraustänzeln. Da es das noch nicht gibt, müssen wir eben selbst dafür sorgen. Die Frage ist nur wie?"

Jessica nickte zustimmend, aber etwas zu heftig, was den Raum ziemlich schwanken ließ. „Du hast recht, da muss uns eine Menge einfallen, wie wir in gutem Zustand die Hundert erreichen. Am liebsten würde ich supergesund, frisch und ansehnlich bleiben bis zu dem Zeitpunkt, wo ich wie der Häuptling der Apachen entscheide: Jetzt habe ich genug! Dann würde ich noch ein schönes Fest mit allen meinen Freunden feiern, mich von ihnen verabschieden und mit einem Lächeln einschlafen."

„Genau, so sehe ich das auch und deshalb gehen wir das gemeinsam an. Wir nennen unser Projekt Longevity, das heißt Langlebigkeit, klingt aber in Englisch viel imposanter."

Da Andrea auch schon etwas lallte, hatten sie an diesem Punkt ihrer Überlegungen einstimmig entschieden, dass das ihr Zukunftsprojekt sein sollte, allerdings erst ab dem nächsten Tag, mit klarem Kopf und überwundenem Kater. Aber wie genau dieses Vorhaben umgesetzt werden sollte, wussten beide nicht.

Jessica grinste am nächsten Tag immer noch, als sie an den Jungbrunnen dachte und begann trotz leichter Kopfschmerzen über die ersten Schritte nachzudenken und einen Plan zu entwerfen. Mit gesunder Ernährung hatte sie sich schon öfter befasst, meist in der Absicht, etwas Hüftgold abzuwerfen, aber irgendwann war sie immer wieder bei den gleichen Sachen gelandet. Da müsste sie jetzt unbedingt konsequenter werden. Vielleicht sollte sie einfach weniger essen und auch auf Wein verzichten?

Andererseits behaupteten die Franzosen jedoch immer ihr hohes Lebensalter und ihre gute Laune kämen vom Rotwein. Also lieber etwas Wein und mäßige Portionen? Mehr Bewegung gehörte bestimmt dazu, sogar ihre Hausärztin hatte beim letzten Termin mit einem kritischen Blick auf die Blutwerte davon gesprochen. Jessica konnte sich durchaus vorstellen, jeden Tag einen Spaziergang zu machen, aber reichte das aus? Fragen über Fragen, aber keine endgültigen Antworten.

Die Fahrbibliothek, die ihren Stadtteil anfuhr seitdem die letzte Bibliothek schließen musste, war damals ihre Rettung gewesen. Gorica, die hellblond gelockte Fahrerin, sprach nur wenig deutsch, aber sie verstand Jessicas Interesse sofort und versorgte sie auch in der Folgezeit mit allen wichtigen Büchern, die Methoden für ein gesundes Altern behandelten. Fasziniert las Jessica vor allem die, die sich mit dem Leben in den sogenannten *Blauen Zonen* beschäftigten.

„Dieser Begriff", hatte sie Andrea stolz erklärt, „bezeichnet die fünf Regionen der Erde, in denen die Menschen überdurchschnittlich lange und gesund leben und wo es besonders viele Hundertjährige gibt."

Genau so etwas wollte sie auch. Nur wie kriegten das diese Leute hin, sie hatten bestimmt irgendwelche Geheimnisse. Denn wenn es allgemein bekannt wäre, würde es doch jeder so machen, oder?

Könnte man dort hinfahren und sich das ansehen?

Nachdem sie die bekannten Orte in ihrem alten Atlas geprüft hatte, musste sie enttäuscht feststellen, dass diese Zonen alle sehr weit entfernt lagen, in Japan, in Costa Rica, in Kalifornien, aber auch in Sardinien und Griechenland. Immerhin noch Europa, aber für ihre Erwartungen eindeutig zu weit.

Als sie Andrea später etwas niedergeschlagen davon erzählte, sah die darin überhaupt kein Problem. „Wenn es hier keine *Blaue Zone* gibt, dann schaffen wir selbst eine!"

„Aber das geht doch nicht!" Jessica hatte schon einiges über die äußeren Bedingungen gelesen. „Wir müssten entweder am Stadtrand oder auf dem Land leben, einen großen Garten haben, vieles selbst anbauen und zubereiten. Du weißt schon ohne Zusätze und Konservierungsmittel, richtig sauberes Wasser haben…"

„Und Eier von glücklichen Hühnern", wurde sie von Andrea unterbrochen, die bereits voller Vorfreude grinste. „Das stelle ich mir echt cool vor, wir beide im Stall! Wir haben zwar keine Ahnung, aber ich wäre bereit zu lernen. Aber wie kommen wir an ein Haus?"

Von da an hatten sie die Immobilienanzeigen mit zunehmendem Interesse studiert, stellten aber sehr schnell fest, dass die Preise nicht im Geringsten zur Höhe ihrer Ersparnisse passten.

Als dann kurz vor Weihnachten dieser alles entscheidende Brief von einem Notar kam, glaubte Jessica im ersten Moment an krimi-nelle Betrüger. Dennoch war sie entsprechend neugierig zur Testamentseröffnung gefahren, immer noch überzeugt, dass das nur eine neue Art Enkeltrick sein könne.

„Aber es hatte alles seine Richtigkeit", hatte sie Andrea anschließend freudestrahlend erklärt. „Meine Oma und ihr jüngerer Bruder waren offensichtlich sehr lange zerstritten, daher kannte ich nicht einmal seinen Namen. Er war ein Einzelgänger und da ich die Letzte dieser Familie bin, erbe ich sein Anwesen in einer kleinen Stadt, die Grünberg heißt und laut Karte nördlich von hier an einem See liegt. Mehr weiß ich noch nicht, aber ich hoffe, dass das Haus irgendwo am Rande steht. Und wenn es einigermaßen bewohnbar ist, könnten wir dort mit unserer *Blauen Zone* beginnen."

Andrea hatte erfreut die Arme hochgerissen und gejubelt. „Lass uns so schnell wie möglich hinfahren und egal wie es aussieht, egal wie viel Arbeit es macht, das kriegen wir hin."

Und dann standen sie völlig überrascht vor einem ziemlich großen Fachwerkhaus mit leuchtend blauen Balken.

„Es ist blau", flüsterte Andrea überwältigt. „Das muss ein Zeichen sein. Hier sind wir zu 100-Prozent richtig!"

Natürlich war das Haus nicht das was sich Jessica gewünscht hätte, es war aber auch nicht die schlimme Bruchbude, die sie befürchtete, sondern einfach ein altes, aber großzügiges Haus, welches viel Zuwendung und frische Farbe benötigte und bestimmt einen großen

Teil ihres Erbes und ihrer Ersparnisse verschlingen würde. Es stand tatsächlich am Rand der kleinen Ortschaft, etwas entfernt von den Nachbarhäusern und mit vielen Bäumen dazwischen. Als sie es neugierig umrundeten, sahen sie erfreut den großen Gemüse- und Obstgarten, der jetzt natürlich noch unter kümmerlichen Schneeresten verborgen war, aber sogar einen gemauerten Brunnen hatte. An der Rückseite des Hauses führte eine geschwungene Treppe nach oben, da sie aber keinen passenden Schlüssel fanden, verzichteten sie zunächst auf die Erforschung dieses Teils.

Im Inneren des Hauses roch es zwar ziemlich muffig, aber davon ließen sie sich nicht abschrecken. „Der Notar hat gesagt, Onkel Dietrich sei noch vor kurzem völlig gesund 96 Jahre alt geworden und habe hier allein ohne Hilfe gelebt. Dann hat das Herz doch versagt."

„Schade, dass er uns seine Geheimrezepte nicht mehr verraten kann, ich würde auch gerne so alt werden." Andrea betrachtete und befühlte die Kücheneinrichtung mit Kennerblick und schätzte den Aufwand zum Putzen ab. „Die Küche ist noch ziemlich neu und wenn der Dreck weg ist auch wieder top. Offensichtlich hat er keine Hilfe gehabt oder nicht gerne geputzt."

Auch die nächsten Räume versetzten beide in Staunen. „Wozu braucht ein alter Mann zwei Bäder im Erdgeschoss?", wunderte sich Jessica. „Da müssen wir lediglich die Fliesen und die Becken erneuern, das spart eine Menge."

Andrea war schon weitergeeilt. „Es gibt vier Zimmer im Erdgeschoss, von denen jeweils zwei durch ein Bad verbunden sind, den großen Wohnraum und eine Riesenküche, die man zum Garten hin öffnen könnte." Dann blieb sie stehen und strahlte ihre Freundin mit ihren großen graublauen Augen an. „Mit vier Schlafzimmern könnten wir noch zwei Frauen aufnehmen und eine richtige blaue WG einrichten."

„Gute Idee! Daran habe ich noch gar nicht gedacht." Jessica blieb angesichts der neuen Möglichkeiten einen Moment stehen, dann kicherte sie: „Aber dann suchen wir uns jemanden, der Ahnung von glücklichen Hühnern hat, denn hier gibt es bestimmt auch einen Stall dafür."

Am Ende der ersten Besichtigung wussten sie, dass es neben einem Hühnerstall, noch einige Vorratsräume, eine veraltete Heizanlage im Haus, aber sogar einige Photovoltaikplatten auf dem Dach gab. Auch Grünberg war ein hübscheres Städtchen als erwartet, mit vielen alten, gepflegten Fachwerkhäusern und modernen Bauten einträchtig nebeneinander. Dazwischen gab es viele Bäume und Sträucher, einige kleinere Läden und Parks. Am See waren sie nur vorbeigefahren, dafür würden sie sich später Zeit nehmen

Und so hatte das große Abenteuer *Blaue Zone* begonnen. Sie hatten beide so schnell wie möglich ihre Wohnungen gekündigt, ihre Lieblingsmöbel und alle Krimis eingepackt und waren gleich Anfang Januar nach Grünberg gezogen. Seitdem hatten sie kaum eine freie Minute gehabt, sondern alles getan, um als erstes in dem geräumigen Erdgeschoss zwei der Schlafzimmer, den Wohnraum und ein Bad bewohnbar und angenehm zu machen, während der Heizungsbauer, der Klempner und zwei Elektriker die schwierigeren Aufgaben übernahmen. Dass sie beide durch die anstrengende Arbeit schon etwas an Gewicht verloren hatten, betrachteten sie als gutes Omen für die Zukunft.

Die restlichen Räume würden folgen, aber noch nicht das Obergeschoss, das eigenartig angelegt war. Vom Hausflur aus führte zwar eine schmale Treppe nach oben, nur erreichte man dort bloß einen kleinen abgeteilten Raum, in dem elegante Möbel standen, die Jessicas Onkel mit Sicherheit nicht genutzt hatte. Aber wer hatte dann an dem zierlichen Damenschreibtisch gesessen, die Konsoltische dekoriert oder sich in den mit blauem Samt bezogenen Sesseln niedergelassen?

„Den Schreibtisch könnte ich als Schneidetisch für meine Videoclips nutzen. Was willst du mit den anderen Sachen anfangen?" Jessica hob die Schultern. „Das hat Zeit, aber für den großen Raum, den man nur von außen über die Treppe erreicht, hätte ich eine Idee. Wir könnten daraus einen Treffpunkt für alle machen, die sich für die Geheimnisse der *Blauen Zonen* interessieren."

Bereits in der zweiten Woche hatte Andrea etwas übereifrig die Zugangstür und die Treppe in leuchtendem Königsblau gestrichen und ein Schild mit der Aufschrift *Willkommen in der Blauen Zone* angebracht.

Aber noch gab es ja nichts Konkretes, noch keine überzeugenden Erfahrungen und noch keine Geheimtipps, wie man dieses hochgesteckte Ziel erreichen könnte. Sicher, Jessica hatte viel gelesen und kannte die grundlegenden Erkenntnisse der Wissenschaftler, die die Ursache vor allem in gleichen kulturellen Gemeinsamkeiten sahen. Dort legte man großen Wert auf eine überwiegend pflanzliche Ernährung, eine mäßige Kalorienzufuhr, trank wenig Alkohol und achtete auf moderate Bewegung bei der Gartenarbeit, beim Wandern oder Tanzen. Jessica gefiel vor allem, wie entscheidend der Zusammenhalt war, egal ob in Familien oder Gemeinschaften und dass sinnvollen Aufgaben erfüllt wurden. Das sah absolut nicht nach Langeweile oder Einsamkeit aus.

Aber wie sollten sie das umsetzen, damit es auch das gewünschte Ergebnis brachte? Sie schloss das Fenster und wollte gerade Andrea deswegen ansprechen, als diese aus dem anderen Raum rief: „Du musst unbedingt mein Zimmer ansehen, ich brauche jemanden, der nicht von vorneherein der Meinung ist, dass es das coolste Schlafzimmer aller Zeiten ist."

Jessica lächelte über den Eifer ihrer Freundin und betrat den Raum neben dem Bad, den Andrea im maritimes Stil mit hellblauen Wänden und weißen Möbeln eingerichtet, frisch geputzt und neu dekoriert hatte.

„Du weißt, dass ich an der See aufgewachsen bin und das ist meine Vorstellung vom Schlafen in der *Blauen Zone*. Glaubst du, dass sich hier auch ein Mann wohlfühlen würde?"

Jessica schüttelte irritiert den Kopf. Hatte Andrea eine neue Eroberung gemacht? Aber das hätte sie doch mitkriegen müssen, oder nicht? „Wer soll sich denn hier wohlfühlen?"

„Na, Kristof K. Konsit. Ich habe ihn bei Instagram gesehen und bin total begeistert von ihm. Ich halte ihn für den zurzeit maßgeblichsten Experten für Longevity. Er sagt, er habe umfangreiche Studien direkt in Japan gemacht. Also habe ich ihn eingeladen und er kommt tatsächlich! Mein Raum wäre dann ein tolles Gästezimmer für ihn und ich schlafe bei dir. Wer könnte uns denn überzeugender lehren, was für die *Blaue Zone* erforderlich ist, als ein Experte?"

„Und du glaubst er kommt hierher, einfach so? Wir können ihm doch gar kein Honorar zahlen."

Andrea schien Jessicas Zweifel kaum zur Kenntnis zu nehmen und beharrte auf ihrer Meinung. „Ich habe angedeutet, er könne sich hier erholen oder ein Seminar für Interessierte durchführen. Auch da hat er zugestimmt und ich habe auch schon für uns bezahlt."

„Und wo willst du es machen? Im Wohnzimmer geht das schlecht."

„Stimmt", feixte Andrea. „Aber komm mal mit." Sie fasste ihre Hand und zog die Freundin nach draußen, die blaue Treppe nach oben und öffnete triumphierend die Tür. „Tata! Sieht das nicht schon nach einem Seminarraum aus? Das habe ich letzte Woche heimlich gemacht. "

Jessica nickte überrascht. Natürlich sah sie, dass der erste helle Anstrich noch nicht alle alten Spuren überdeckte, aber das Ergebnis konnte sich trotzdem sehen lassen.

„Ich habe den Fußboden gestern abgezogen und gebeizt. Morgen kommt der Klempner und schließt das Waschbecken und die Toiletten an, dann müssen wir dort nur noch fliesen. Und der Experte kommt erst in einer Woche, also das schaffen wir. Ich bin ein wenig vorgeschossen, aber jetzt bist du doch einverstanden, oder?"

Jessica war noch nicht so ganz überzeugt, freute sich aber doch über den Einsatz der Freundin. Und hatte sie nicht erst vor kurzem gefragt, wie es weitergehen sollte? Jetzt bekam sie bestimmt alle Antworten und konzentrierte sich deshalb wieder auf die praktischen Fragen. „Was hältst du davon, wenn wir diagonal fliesen, das ist ein wenig anspruchsvoller, sieht aber toll aus."

Andrea grinste nur und suchte gleich das Material zusammen.

Am Ende der Woche hatte auch Jessica das Gefühl, sie und das Haus seien gut gerüstet für den Experten, obwohl ein wenig Skepsis blieb, vor allem als sie im Internet kein Buch von Konsit fand oder irgendwelche Hinweise auf seine Studientätigkeit im Ausland. Aber sie würde sich bei seiner Ankunft gerne positiv überraschen lassen. Und danach sah es zunächst auch aus.

Konsit war ein gut aussehender Mann mit sehenswerten graublauen Augen und einer gut trainierten Figur. Aber das schien er auch zu wissen, denn er nutzte seine Wirkung auf Frauen sehr geschickt aus. Während Andrea fast vor Begeisterung schäumte, hielt sich Jessica sehr zurück und konnte ihr Misstrauen immer noch nicht ablegen, vor allem als sie sah, wie er mit anderen umging.

Der Experte schien sich seines Rufes und dessen was ihm zustand sehr sicher. Er war mit einem riesigen Caravan angereist, lehnte die Unterkunft im Haus und auch ihr Essen kategorisch ab. Und ob-wohl ihm Andrea fast jeden Wunsch von den Augen ablas, schien er ihre Freundlichkeit nicht wahrzunehmen und behandelte sie eher von oben herab, wie eine Angestellte, die seinen Anweisungen zu folgen hatte. Jessica sah das mit Sorge, vor allem im Hinblick auf das morgige Seminar, hielt sich aber immer noch zurück.

Offensichtlich hatte eine Agentur die Organisation des Seminars übernommen, denn zu ihrer großen Überraschung erschienen am Morgen des nächsten Tages 12 Leute, die offensichtlich gut vorbe-reitet waren und denen es nichts ausmachte, die horrenden Semi-nargebühren zu bezahlen.

Obwohl ihr Misstrauen noch immer groß war, hörte sie Konsits Ausführungen genau zu und war wider Willen beeindruckt davon, wie überzeugend er sprach. Manche Hinweise leuchteten ihr sofort ein und blieben ihr besonders in Erinnerung.

„Die Japaner haben einen Spruch zu mäßigen Portionen", dozierte

Konsit, „*Hara hachi bu* – Höre auf zu essen, wenn dein Magen zu 80% gefüllt ist."

Genau das hatte sie sich bereits vorgenommen, das schien ihr auch leicht umzusetzen, noch besser wäre es sich gleich eine kleinere Portion zu nehmen. Sie grinste zufrieden und bemerkte auch das Nicken der anderen. Als er sich jedoch danach langwierig über die Lebensfäden in den Zellen ausließ, die dafür sorgen, dass sich mit der Zellteilung der Körper immer wieder erneuert, fingen ihre Gedanken schon an abzuschweifen. Jessica zweifelte die Richtigkeit seiner Ausführungen nicht an, aber da sie das keinesfalls selbst überprüfen konnte, wurde ihr langweilig. Sie hatte konkrete Hinweise erwartet, wie sie Longevity angehen könnte. Auch die anderen Teilnehmer sahen sich fragend an und es entstand leichte Unruhe. Konsit schien es zu merken und schwenkte wieder zu praktischen Hinweisen um, allerding mit wenig Erfolg.

„Die Japaner achten sehr auf Nahrungsmittel, die auch Medizin sein können," begann Konsit. „Dazu gehören die Süßkartoffel, die Bittermelone, fermentierte Sojaprodukte und Algen. Diese Auswahl ist zwingend notwendig und selbstverständlich eine ausschließliche vegane Ernährung und niemals Alkohol."

„Aber sollten wir bei uns nicht eher auf einheimische Produkte setzen, Dinge mit denen wir aufgewachsen sind?" Eine ältere Frau, die in der ersten Reihe saß, wagte zu fragen, obwohl Konsit gleich zu Beginn Zwischenfragen ausgeschlossen hatte. Er maß sie nur mit einem überheblichen Blick. „Es ist mir klar, dass meine Lehre nicht von jedem verstanden werden kann, dazu gehört schon ein bestimmtes Maß an Intelligenz."

Während die meisten Teilnehmer nach dieser Bemerkung wie geschockt saßen und sich nur erschrocken ansahen, meldete sich ein blonder Mann mit einem Zopf aus der letzten Reihe. „Ich finde es nicht richtig, wie dogmatisch Sie mit dieser Frage umgehen. Ich bin selbst seit Jahren Vegetarier aus Überzeugung, aber ich habe Verständnis dafür, dass jemand auch mal kleine Mengen an Fisch oder Fleisch essen möchte und es verträgt. Oder auch mal ein Glas Rotwein trinkt, schon wegen des Resveratrols."

Als Konsit ihn unterbrechen wollte, hob er abwehrend die Hand.

„Außerdem hat die Frau recht, die von Ihnen genannten Nahrungsmittel sind bei Japanern sicher erste Wahl, sie können es auch bei uns sein, sollten aber ganz bestimmt von den heimischen Kohlsorten wie Brokkoli, Blumenkohl, Wirsing und anderen ergänzt werden, weil von diesen Sorten bereits bekannt ist, dass sie heilen können."

Da Konsit offensichtlich keine Gegenargumente hatte und nur versuchte den Mann erfolglos nieder zu starren, meldete sich bei Jessica ein unguter Verdacht, während sie das Arbeitsblatt des Experten genauer betrachtete. Alle diese Hinweise, die hier standen und auch die über die er sprach, hatte sie doch schon gelesen, aber wo?

Sie blätterte vorsichtig in ihrem Notizbuch zur *Blauen Zone* und da stand es. All das waren Hinweise aus einem Buch von Professor Große-Blank, dessen Veröffentlichungen sie schon gleich zu Anfang verschlungen hatte. Verkaufte der angebliche Experte etwa lediglich das Wissen von anderen?

Da hatte sie eine Idee, die auch Miss Marple hätte stammen können, denn wenn sie recht hätte, könnte sie damit den angeblichen Experten entlarven. Denn in dem Buch des Professors gab es neben vielen richtigen Hinweise, die ihr sofort eingeleuchtet hatten, auch einen gravierenden Druckfehler, der sich ebenso auf dem Arbeitsblatt des angeblichen Experten fand. Um sicher zu sein, müsste sie das noch einmal nachlesen, aber wann? Sie grinste, als Konsit eine Mittagspause genau zum richtigen Zeitpunkt ankündigte. Das war die Gelegenheit!

Jessica rannte sofort zum Bücherregal in ihrem Zimmer und hätte fast einen Luftsprung gemacht, als sie ihre Vermutung bestätigt sah. Der Mann protzte mit dem Wissen aus den Buch eines anderen und hatte vielleicht gar keine eigenen Erfahrungen? Sollte sie ihn jetzt gleich damit konfrontieren? Aber wie würde er reagieren, wenn sie allein mit ihm sprach, vielleicht war der Mann ja gefährlich? Unschlüssig überlegte sie noch, als sie das Haus verließ und zu seinem Caravan hinsah. Vielleicht sollte sie erstmal die Lage sondieren? Wenn sie sich auf die kleine Gartenmauer stellen würde, könnte sie in das Fenster zu ihm hineinsehen und wäre durch die Sträucher hoffentlich immer noch geschützt. Was sie dann sah, hätte sie vor Überraschung fast von der Mauer fallen lassen.

Der Experte, der ausschließlich vegane Ernährung und Verzicht auf Alkohol verlangte, war gerade dabei ein dickes Rumpsteak in einer Pfanne zu braten und eine Flasche Bier zu öffnen. *Das kann doch nicht wahr sein!* Empört rannte Jessica zum Seminarraum zurück und traf dort nur noch Andrea, drei weitere Frauen und den Mann mit dem Zopf an.

„Wir wollten dich gerade suchen, um zu beraten was wir machen sollen. Die anderen sind einfach abgehauen." Andrea war ziemlich geknickt, aber Jessica konnte darauf keine Rücksicht nehmen.

„Dann haben sie wahrscheinlich richtig entschieden. Ihr könnt euch nicht vorstellen, was ich gerade eben gesehen habe."

Natürlich kochte die Empörung nach ihrer Schilderung hoch, nur Andrea blieb still.

Aber Jessica war noch nicht fertig. „Außerdem habe ich noch einen viel schlimmeren Verdacht, der Mann ist wahrscheinlich überhaupt kein Experte. Das meiste, was er uns übermittelt hat und was auf seinem Arbeitsblatt steht, ist aus einem Buch von Professor Große-Blank. Das kann ich beweisen."

Der Mann mit dem Zopf nickte ihr zu. „Den Verdacht hatte ich auch schon, deshalb verlange ich jetzt mein Geld zurück. Das Buch kann ich für 20 Euro kaufen, dafür muss ich nicht mehr als das Zehnfache auf den Tisch legen."

Bevor sich alle auf den Weg machten, war Andrea schon enttäuscht vorausgeeilt und riss nach kurzem Anklopfen die Tür den Caravans auf. Konsit schien überrascht zu sein, stellte dann aber ungerührt die Bierflasche ab und starrte sie nur gereizt an.

„Ich wollte es nicht glauben, aber Sie sind wirklich ein Betrüger! Wer öffentlich Wasser predigt und heimlich Wein trinkt, das sind die schlimmsten Schurken, hat meine Großmutter immer gesagt. Und sie hatte recht. Sie sind wirklich das Letzte, ziehen uns das Geld für Lügen aus der Tasche!"

Bevor die andern den Caravan erreicht hatten, zog Konsit Andrea blitzartig hinein und schlug die Tür wieder zu. Jessica war geschockt stehen geblieben und sah, dass die anderen Frauen genauso überrascht waren wie sie. Der Mann mit dem Zopf dagegen ging entschlossen auf das Gefährt zu, rüttelte an der Tür und schrie: „Öffnen Sie endlich die Tür, Sie Schwindler!"

Konsit öffnete die Tür nur einen Spalt und gab sich beleidigt. „Es ist durchaus möglich, dass Sie meine Theorien nicht verstanden haben, das ist aber Ihr Problem, meine Ausführungen sind absolut korrekt!"

„Und genau das sind sie nicht!" Jessica war aufgebracht genug, ihm direkt gegenüber zu treten, außerdem sorgte sie sich um Andrea. „Es sind vor allem nicht Ihre Theorien, weil Sie alles von Professor Große-Blank abgeschrieben haben." Mit dem Blick den Jessica ihm jetzt zuwarf, hätte man Farbe abbeizen können, so wütend war sie. „Sie haben sogar den Druckfehler aus der Erstausgabe abgeschrieben. Hier sehen Sie: In ihrem Arbeitsblatt steht *Polystro-le verringern die Aktivität von Genen, die mit Entzündungen in Verbindung stehen*. Das ist falsch, es muss Polyphenole heißen, Polystrole sind Kunststoffe."

Konsit schüttelte uneinsichtig den Kopf und maß sie mit empörten Blicken, aber Jessica ließ sich nicht unterbrechen. „Ich weiß, dass es so in dem Buch des Professors stand und das war der Grund, weshalb der Verlag das Buch zurückgerufen und Ersatz angeboten hat. Ich habe hier noch den Brief des Verlages."

Als Konsit noch immer versuchte, eine mögliche Rechtfertigung für sich zu finden, rief der Mann mit dem Zopf: „Wir können die ganze Sache abkürzen, Sie geben uns unser Geld zurück, ich lese das Buch selbst und Sie verschwinden möglichst schnell, ehe wir Sie wegen des Betrugs anzeigen."

„Und genau das werde ich nicht tun. Für dieses lächerlich geringe Honorar habe ich lange genug versucht, euch Landeiern meine Theorien nahezubringen. Ich verlasse jetzt das Grundstück, Ihre Freundin wird mich begleiten und damit meinen ungestörten Abzug garantieren. Sie können Sie dann irgendwo an der Autobahn aufle-sen."

Jessica wollte sich gerade empört auf ihn stürzen, als Andrea grin-send neben ihr auftauchte. „Wer Gefangene machen will, sollte nie die Fenster offenlassen. Und Sie", wandte sie sich an Konsit, „zah-len die Seminargebühren sofort zurück oder bleiben hier stehen, bis die Polizei Sie als Betrüger verhaftet." Sie winkte ihm mit seinen Autoschlüsseln zu und grinste spöttisch.

Zähneknirschend willigte Konsit schließlich ein und gab das Geld zurück, danach entfernte er sich so schnell wie möglich vom Grundstück.

„Er ist viel zu leicht davongekommen, wir hätten doch die Polizei rufen sollen." Jessica war immer noch empört, aber eine der Frauen lächelte nur vergnügt. „Die verfolgt ihn vermutlich schon. Ohne das kommt er nicht weit." Dann zeigte sie triumphierend das entfernte Nummernschild. „Das muss er erstmal der Polizei erklären."

In das Gelächter hinein, schlug Jessica dann vor: „Eigentlich hatte ich für heute konkrete Schritte erwartet, mit denen man die Geheimnisse der *Blauen Zonen* auch bei uns entschlüsseln kann. Vielleicht sollten wir die restliche Zeit nutzen, um unsere bisherigen Erkenntnisse auszutauschen. Ich habe einen Apfelkuchen gebacken, eine Tasse Kaffee können wir sicher alle gebrauchen und dann sorgen wir dafür, dass dieser Tag doch noch ein Ergebnis hat."

Schon als Jessica anschließend ihre blaue WG erläuterte, meldete sich Sylvie, eine untersetzte Frau mit einem graumelierten Kurzhaarschnitt: „Nach so etwas bin ich schon lange auf der Suche. Ich habe euren leeren Garten gesehen, da meldet sich gleich mein grüner Daumen. Aber noch mehr würde mich freuen, wenn ihr Hühner hättet oder die Anschaffung plant, denn ich musste mein Haus und das Grundstück aufgeben, als dort eine Straße gebaut wurde. Ich bin zwar schon in Rente, aber ich brauche eine Aufgabe, die mich jeden Morgen gerne aufstehen lässt."

Jessica und Andrea sahen sich erfreut an und nickten sofort.

„Wir wohnen im Nachbarort", erklärte eine der beiden Frauen, die einen sehr trainierten Eindruck machten und sich als Lilly und Nicole vorgestellt hatten „Falls ihr euren Raum als Treffpunkt beibehaltet, würden wir gerne dazu beitragen, speziell alles, was Bewegung betrifft, Turnen, Tanzen und mehr."

„Ich wäre auch dabei", ergänzte der Mann mit dem Zopf, der Clemens hieß. „Ich bin der festen Überzeugung, dass die Ernährung die entscheidende Eintrittskarte für die *Blaue Zone* darstellt und da bin ich firm. Ich koche immer selbst, aber keine Angst, ich kann mehr als vegetarisch, obwohl gerade das jünger machen soll."

„Damit hat sich der Tag doch schon gelohnt", fasste Jessica lächelnd zusammen. „Ich könnte einiges dazu beitragen, wie man etwas Gesundes bäckt, das dann auch noch schmeckt."

Als sie sich Andrea zuwenden wollte, hatte die das Zimmer verlassen. Während die anderen sich neugierig oder irritiert ansahen, grinste Jessica nur. „Meine Mitbewohnerin Andrea wird sich vor allem um Neues aus der Außenwelt oder unsere Kontakte nach außen kümmern. Wir denken an praktische Hinweise zur *Blauen Zone* über Instagram und You Tube. Außerdem ist Andrea bei uns für umweltfreundliches Putzen zuständig."

Als sie ein leises Klirren vernahm, setzte sie lächelnd fort. „Und sie spürt genau, wenn etwas Besonderes angebracht ist."

Im gleichen Moment öffnete sich die Tür wieder und Andrea balancierte ein Tablett mit Rotweingläsern. Sie reichte die kleinen Römer lächelnd herum. „Alles was ihr jetzt gesagt habt, dürfte zusammengefasst das richtige Rezept für ein gesundes, langes und glückliches Leben sein." Sie hob ihr Glas. „Auf eine gesunde und jugendliche Hundert für uns alle!"

Unter Verdacht

„So ein Frühstücksei ist echter Luxus! Und der Geschmack! So gut
hat das aus dem Supermarkt nie geschmeckt!"
Jessica lächelte über Andreas Begeisterung. Das war das erste Ei,
das ihre Hühner gelegt hatten und sie überließ es gerne ihrer
Freundin, da sie morgens lieber Müsli mochte. Eigentlich hatte sie
erwartet, dass fünf Leghornhennen eine höhere Ausbeute bringen
würden, dann wäre noch ein lockerer Kuchen möglich gewesen.
Aber vielleicht mussten die sich erst ebenso eingewöhnen, wie sie
auch.
„Ich finde es gut, dass wir die weißen Hühner genommen haben,
die kann man besser sehen, falls sie ausbrechen sollten."
Jessica hörte nur halb zu, sie war mit ihren Gedanken immer noch
beim Eingewöhnen. Jetzt lebten sie schon etwas mehr als zwei
Monate in Grünberg, hatten in dieser Zeit nicht nur das geerbte
Haus gereinigt, umgestaltet, den Ausgang zum Garten und die
zweite Zimmerkombination mit Bad weitgehend fertiggestellt, sondern auch einige interessante Leute kennengelernt, die an dem ersten Seminar zu den Geheimnissen der *Blauen Zonen* teilgenommen
hatten.
Sie selbst versuchten zurzeit bereits vieles in ihrem täglichen Ablauf zu realisieren und eigentlich lief die Umstellung auf das neue
Leben besser als erwartet. Für jede förderliche Aktivität gab es

nach Andreas Idee, abends blaue Punkte. So konnten sie den Überblick auch über Dinge behalten, die noch nicht so viel Spaß machten. Das Walking am frühen Morgen gehörte nicht dazu, denn das würde sie nicht mehr missen wollen, schon, weil die Luft einfach eine völlig andere war. Auch die Arbeit in Garten ließ sich gut an. Na ja, sie lernten noch dazu. Woher hätten sie wissen sollen, dass Massen an Vögeln die Körner schneller wegpickten, als der Samen keimen konnte? Wichtiger war doch sich dabei zu bewegen und etwas Sinnvolles zu tun.

Sie sah zu ihrer Freundin, die den Genuss des Frühstückeies regelrecht zelebrierte. Auch sie ging das Thema *Blaue Zone* immer noch sehr enthusiastisch an und berichtete nicht nur regelmäßig bei Instagram darüber, sondern hatte es sogar geschafft, einige Anforderungen als Eselsbrücke in den Begriff REZEPT einzubinden.

Jessica hatte es auf die Rückseite eines Posters geschrieben und liebevoll illustriert. Und anscheinend sah es gut aus, denn jeder der sie besuchte, blieb interessiert stehen. Auch sie machte das jeden Morgen, um sich alles so fest wie möglich einzuprägen. Sie grinste, als sie Andreas Blick bemerkte, der auch auf dem Poster ruhte, während sie leise mitlas:

R – Rotwein, mäßig, eher Wasser, Tee oder Kaffee

E - Erbsen, Bohnen, Linsen und andere Hülsenfrüchte häufig

Z - Zucker kaum, dafür Stevia, Honig und dunkle Schokolade

E - Einsamkeit vermeiden, gute soziale Kontakte, Spaß und Freude

P - Pflanzenkost(Gemüse, Nüsse, Kerne, Samen) vorrangig vor
Fleisch und Fisch,

T - Tanzen, Turnen, tätig sein und immer in Bewegung

„Was sagt das eigentlich über dich aus, dass ausgerechnet Rotwein
an erster Stelle steht?"

Andrea grinste bei dieser Frage und zuckte mit den Schultern. „Eigentlich nur, dass ich einen ausgesucht guten Geschmack habe.
Gestern habe ich Nachschub aus dem „Paradies" mitgebracht. Evas
Angebot ist wirklich einmalig."

Jessica nickte. Auch sie war ganz begeistert von diesem Lebensmittelladen, der früher mal als „Evas Paradies" gegründet worden war
und mittlerweile das ganze Stadtviertel versorgte.

„Aber irgendetwas erschien mit gestern komisch. Eine der Frauen,
du kennst die beiden Tonnen, die den Musikverein leiten, die zischelte mit einer anderen gehässig über Zugezogene, die glauben
sich alles erlauben zu können. Meinen die etwa uns?"

Jessica lächelte. „Wenn du die beiden Mollys Tonnen genannt hast,
wundert mich das nicht."

„Das habe ich ja nicht, aber wer so viel Übergewicht hat weiß das
doch auch, wieso sind sie dann beleidigt, wenn man es anspricht?"

„Es kommt immer auf den Ton an", beschwichtigte Jessica und
räumte den Tisch ab. Dabei fiel ihr die Lokalzeitung ins Auge und
sie schlug sie auf. „Diebesbanden unter uns?"

Mit dieser reißerischen Überschrift wurde darauf aufmerksam gemacht, dass sich die Zahl der Diebstähle in relativ kurzer Zeit verdoppelt habe. Über die Motive könne man nur rätseln, einerseits wären es Bagatellfälle, andererseits fehlten große Mengen an Bioprodukten wie Mehl, Zucker, Nüsse, Trockenobst und Gewürze.

„Hast du das gesehen?"

Andrea war schon aufgesprungen und sah ihr über die Schultern.

„Du meinst diese gehässigen alten Ziegen sind der Meinung, wir würden klauen?"

„Haben sie nicht auf Zugezogene verwiesen? Ich denke da ist der Zusammenhang. Als ich gestern bei Franka war, haben sie ähnlich diskutiert."

„Wer ist Franka?"

Jessica zeigte nur auf ihre deutlich kürzeren Haare und Andrea nickte. „Ach ja, die Frisörin, die alles weiß und jeden kennt. Also das ist doch die Höhe! Die scheinen alle in die gleiche Richtung zu denken. Diese Tonne vom Musikverein hält sich sowieso für etwas Besseres, sie glaubt sie pubst rosa Glitzer."

Während Jessica kicherte, konnte sich Andrea gar nicht mehr beruhigen und lief unruhig hin und her. „Solche Gerüchte können alles verderben und deshalb müssen wir uns wehren."

Als Jessica sie nur verständnislos ansah, erklärte sie mit weit ausholenden Gesten. „Diese Dumpfbacken verdächtigen uns und damit greifen sie uns an. Wenn wir jetzt die Diebstähle aufklären, sind wir die Heldinnen und die die Doofen."

„Und wie willst du das machen?"

Andrea setzte sich wieder. „Das kann ja nicht so schwer sein. Wir haben doch unzählige Krimis gelesen, die müssen doch zu etwas nütze sein."

„Dafür brauchen wir aber mehr Informationen. Das steht an der Spitze von jedem Krimi. Bevor ich fragen kann, wer hatte ein Motiv, wer hatte die Gelegenheit und wer hatte dafür auch die Mittel, brauche ich mehr und genauere Informationen."

„Also gehen wir zu Eva?", mutmaßte Andrea. „Sie weiß ja schließlich was geklaut wurde."

„Genau das werden wir nicht tun, weil uns das möglicherweise verdächtig macht." Jetzt begann Jessica durch den Raum zu gehen, weil das, ihre Gedanken besser klären sollte. „Wir holen einfach unsere Einweihungsfeier nach. Dazu laden wir Eva, Karla aus der Drogerie, die Apothekerin und noch einige andere Geschäftsfrauen für Freitagabend zu einem Umtrunk ein, stellen uns vor, erklären etwas zur *Blauen Zone* und hören uns um."

Der Freitag wurde dann auch ein voller Erfolg. Ganz offensichtlich hatte es den eingeladenen Frauen geschmeichelt, als erste zu dieser geheimnisvollen WG eingeladen zu werden, über deren Herkunft und deren Absichten man im Ort schon länger spekulierte. Jessica und Andrea hatten sich mächtig angestrengt, leckere Häppchen aus geraspeltem Gemüse und knusprige Sticks aus Kürbis- und Sonnenblumenkernen zuzubereiten, die man gut zum Rotwein oder einem Gespritzten knabbern konnte. Eva begann als erste über das Verschwinden von Backzutaten zu schimpfen. „Anfangs waren es Kleinigkeiten, aber jetzt nimmt das Ausmaße an, dass ich die Polizei informieren musste. 5 Kilo Bio-Mehl jede Woche, das geht in die Kosten und erst die Nüsse und die Gewürze."

„Bei mir geht es vor allem um Plätzchen oder Schokoriegel." Karla aus der Drogerie klang trotzdem sorgenvoll. „Wenn Kids früher für Mutproben klauten, ging nach einer Weile vorbei. Aber jetzt nicht, vielleicht sind es sogar Banden, die ab und zu auftauchen."

„Das könnte ich mir auch vorstellen", mutmaßte jetzt Eva. Jessica und Andrea waren enttäuscht, denn eigentlich hatten sie auf konkrete Hinweise gehofft, bis die Apothekerin auf einen neuen Aspekt aufmerksam machte. „Bei uns sind neulich sogar Hustenbonbons gestohlen worden. Ich dachte eigentlich, der oder die Täter wären vor allem hinter Essbarem her, aber Medikamente?"

„Vielleicht waren es ja tolle Hustenbonbons", warf Eva ein, aber die Apothekerin schüttelte entschieden den Kopf. „Das waren sie eigentlich nicht. Natürlich ist alles gut, was wir verkaufen, aber die Besten lagen oben. Könnte es sich um jemanden handeln, der kleinwüchsig ist oder ein Bechterew-Patient?"

„Oder es sind wirklich Kinder", stellte Eva resigniert fest. „Aber was machen die mit einem riesigen Mehlvorrat?"

„So etwas kommt natürlich im „Tatort" nicht vor, das sollte

schnellstens aufgeklärt werden", schimpfte die Frau vom Geträn-
kemarkt. Eva nickte ihr zu. „Wer das aufklärt, der hat wirklich einen Orden verdient."

Andrea sah Jessica triumphierend an, als sie aber anschließend ihr
Wissen zusammentrugen, klang das nach sehr wenig. „In erster
Linie werden Lebensmittel gestohlen, mal kleine, aber auch größere Mengen. Die Reichweite nach oben könnte eingeschränkt sein,
das spräche für Kleinwüchsige oder Kinder, aber was sollten sie
mit Mehl und Zucker?"

„Du hast die Eier vergessen", unterbrach sie Jessica. „Wir haben
jeden Tag ein Ei und das von 5 Legehennen. Vermutlich werden
wir auch bestohlen."

Andrea sah sie mit großen Augen an. „Also eigentlich ist das ja ein
starkes Stück, die klauen frech vor unserer Nase! Bei Miss Marple
ist so etwas nie passiert, was machen wir falsch?"

Jessica lachte. „Wenn wir schon den gleichen Ruf erworben hätten,
wie unser Idol, würde wahrscheinlich keiner so etwas machen.
Möchtest du die erste oder die zweite Schicht?"

„Von welcher Torte?" Andrea sah sie so ratlos an, dass Jessica erneut lachen musste. „Ich dachte du hättest verstanden, dass wir uns
im Hühnerstall auf die Lauer legen müssen, wenn wir die Diebe
erwischen wollen."

„Im Stall?" Andreas Stimme kickte nach oben. „Ich habe mal gehört, dass Hühner Flöhe haben können. Ist unser Stall desinfiziert?"

„Keine Ahnung lass es uns herausfinden, ich löse dich dann um Mitternacht ab." Jessica trug das Geschirr in die Küche und ließ Andrea zurück, die sich mit langem Gesicht in ihr Schlafzimmer begab, um sich mit allem auszurüsten, welches Insekten zuverlässig abschrecken könnte.

Noch ziemlich schlaftrunken wankte Jessica kurz vor Mitternacht mit ihrer wärmsten Jacke und einer Thermoskanne Tee in den kleinen Verschlag hinter dem Hühnerstall. Zufrieden blickte sie über die Legekästen, in denen 5 Eier weiß schimmerten. Also waren die Hühner nicht das Problem. Zufrieden hockte sie sich auf die kleine Bank und behielt nur die Armbanduhr im Blick. Beinahe wäre sie eingenickt, als sie gegen 6.30 Uhr ein leises Scharren an der Tür hörte. Gespannt beugte sie sich vor. Sehen konnte sie kaum etwas, sie hörte nur ein leises Rascheln und bemerkte, wie eins der weißen Eier verschwand, gleich darauf ein zweites. Sie schoss sofort hoch und schloss den Riegel der Tür von außen. Als sie in den Verschlag zurück wollte versuchte sich jemand an ihr vorbei zu drängeln. Es war jemand, der deutlich kleiner und weniger schwer war als sie, aber wendiger. Dennoch schnappte sie nach der Kleidung im Genick und hielt so fest, wie sie konnte. „Hab ich dich endlich, du Dieb. Was hast du dir eigentlich dabei gedacht?"

„Na und", kam die bockige Antwort. „Robin Hood hat auch geklaut und er war ein Held! Und außerdem ist das Mundraub."

Inzwischen hatte Jessica die kleine Gestalt in den Hausflur gezogen, wo sie sie im Licht betrachten konnte. Der Junge schien 9 oder 10 Jahre alt zu sein und hatte schwarze Haare, die in alle Richtungen standen. Er schaute sie trotzig an und hielt weiterhin die Eier an sich gepresst.

„Es gibt keinen Mundraub", entgegnete Jessica, nachdem sie die Eingangstür abgeschossen hatte „Du bist schlecht informiert, der Tatbestand des Mundraubes ist schon seit Jahren abgeschafft. Jeder der stiehlt ist ein Dieb und muss sich verantworten. Aber wenn du schon auf Mundraub plädierst, dann müsstest du das Gestohlene auch sofort essen. Bist du dazu bereit?"

„Klar, wenn ich dann strafffrei ausgehe, mache ich das", antwortete er wieder in der gleichen widerspenstigen Art. Sie sah aber, wie er heftig schluckte und das Ei entsetzt betrachtete, dann aber zusammensackte. „Lieber nicht, das ist eklig."

„Stimmt." Jessica zog ihn in die Küche, setzte sich auf die Polsterbank, hielt ihn aber immer noch fest. „So, und jetzt sag mir die Wahrheit. Warum klaust du?"

„Und sie holen nicht die Polizei?" Das kam jetzt schon zaghaft, dann schob er unwillig die Haare aus dem Gesicht. „Ich muss das machen, unsere Mom ist krank und wir haben kein Geld für Essen. Ich weiß nicht was mit ihr ist, sie redet nicht. Und Pippa und ich müssen doch etwas essen, wir brauchen ja nicht viel und meistens merken es die Leute nicht, wenn ich einen Apfel oder die Hustenbonbons für Pippa nehme."

„Und wofür brauchst du das Mehl?"

Er sah sie überrascht an. „Mehl brauche ich nicht, nur Haferflocken. Einmal habe ich eine kleine Tüte Mehl gehabt, aus denen man Eierkuchen machen kann, aber das war dann alles verbrannt."

Jessica musterte ihn, wie er mit hängendem Kopf vor ihr stand. Es war nicht zu übersehen, dass er untergewichtig war und dass Körperpflege nicht sein dringendstes Problem schien.

„Wo wohnst du denn?"

„Das darf ich nicht sagen."

Jessica nickte. „Normalerweise hast du recht, aber ich möchte später gerne mit deiner Mutter reden, vielleicht kann ich ihr helfen. Allerdings sollten wir beide vorher frühstücken und dann musst du sicher zur Schule. Einverstanden?"

Er druckste nur kurz herum, dann nickte er. „Aber Pippa ist noch draußen, sie musste doch Schmiere stehen."

„Dann ruf sie, aber falls du abhauen solltest dann finde ich dich in der Schule wieder, denke daran."

Er nickte nur und grinste, um kurz danach mit einem kleinen Mädchen zurückzukommen, das höchstens fünf Jahre alt sein konnte, so klein und so zart wie sie aussah. Auch sie hatte schwarze Haare, die sich allerdings in hübschen Babylöckchen rollten und ihr mit den himmelblauen Augen ein elfenhaftes Aussehen verliehen.

Beide setzten sich ohne weitere Kommentare an den Küchentisch, während Jessica frische Pfannkuchen machte, reichlich Sahne, Honig und Beerenkompott dazugab und innerlich vor Wut fast platzte. Dieser Mutter würde sie garantiert die Meinung sagen, wie konnte sie ihren Kindern so etwas antun?

„Oh, du bist schon auf und wir haben Besuch?" Andrea, die vermutlich von den Düften geweckt wurde, staunte als sie die Küche betrat und eine Frühstückgesellschaft vorfand.

„Gut, dass du kommst. Ab heute wird es keine Diebstähle mehr in unserem Hühnerstall geben, weil wir für die beiden eine andere Lösung finden. Das sind Pippa und ihr Bruder, die sich bisher aus Hunger mehr oder weniger kreativ versorgt haben. Wie heißt du eigentlich?"

„Er heißt Philipp, aber das mag er nicht", meldete sich die Kleine vorwitzig. „Ich rufe ihn Fipps und er ist der beste Bruder, den es gibt, weil er mich immer beschützt. Ich werde bald sieben und er ist schon zehn."

Jessica musste lächeln, während er sichtlich verlegen, immer noch wachsam zu ihr schielte.

„Wenn du einverstanden bist", wandte sie sich an Andrea. „Dann sollten die beiden jeden Morgen bei uns frühstücken, dafür kann mir Fipps bei den Hühnern helfen und für Pippa finden wir bestimmt im Haus oder im Garten etwas Wichtiges zu tun. Und es wird nicht mehr geklaut! Seid ihr einverstanden?"

Ein stummes Nicken genügte ihr, während sie sich immer noch wunderte, welche Mengen die beiden verputzten konnten. Als sich die Kinder verabschiedet hatten, um ihre Schulsachen zu holen, saßen die beiden Frauen noch länger zusammen.

„Also ist unser erster Fall schon geklärt", begann Andrea enttäuscht, „aber es widerstrebt mir doch sehr, das mit den Kindern an die große Glocke zu hängen. Was machen wir denn jetzt?"

Jessica lehnte sich entspannt zurück. „Ich werde versuchen mit der Mutter zu sprechen, wenn ich erfahre wer sie ist, aber wegen der Diebstähle machen wir ganz einfach weiter. Du glaubst doch nicht, dass diese Kinder 10 Kilo Mehl oder mehr verbraucht haben, wofür denn auch? Fipps hat mir gerade gebeichtet, dass er versucht hat Eierkuchen zu machen und alles verbrannt hat. Also hat er mit dem Mehl auch garantiert kein Brot gebacken oder Gewürze und Nüsse verwendet. Aber die Hustenbonbons gehen auf sein Konto, auch das Eierkuchenmehl von Eva."

„Aber wie hat er das gemacht? Du kommst bei Eva gar nicht aus dem Laden, ohne an der Kasse vorbeizugehen."

„Wenn wir sein Vertrauen gewinnen, wird er es uns bestimmt verraten und eventuell finden wir dann auch den echten Dieb, denn den gibt es ganz bestimmt."

Andrea nickte zufrieden, weil auf diese Art das spannende Krimispiel weitergehen könnte. „Aber jetzt sollten wir uns wieder mit der Vorbereitung unseres Ernährungs-Seminars beschäftigen. Clemens hat den Termin bestätig und Sylvie rief gestern an, sie bringt ihre Brüder mit, damit sie sich die freien Zimmer auch ansehen. Vermutlich bekommen wir noch mehr Zuwachs."

„Wenn sich Sylvie dann um den Garten kümmert, wäre ich echt beruhigt", grinste Jessica. „Grüne Daumen müssen sie in meinem Genom vergessen haben."

Es piepste kurz und Andrea sah von ihrem Handy auf. „Nicole und Lilly," erklärte sie. „Sie bringen auch 5 Leute mit, damit hätten wir nur noch zwei Plätze offen."

Am nächsten Morgen, als die Kinder wieder zum Frühstück kamen, ließ sich Jessica Zeit. Während Andrea mit Pippa die zahlreichen Pflanzen im Haus goss, fragte sie erst vorsichtig nach einem Vater, bekam aber nur ein verächtliches Schnauben von Fipps zu hören. „Meiner hat sich gleich vom Acker gemacht und der von Pippa zahlt nicht. Aber wir brauchen auch keinen Vater."

Jessica nickte, es war als ob bei dem 10-jährigen eine Schranke heruntergelassen war, zu diesem Thema würde sie nichts mehr erfahren. Aber zum „Paradies" ließ er sich gerne befragen. Es schien, als wäre er stolz auf seine Findigkeit, mit der er den Entlüftungsschacht in der kleinen Bäckerei genutzt hatte, die zu „Evas Paradies" gehörte. „Man kann von außen an der Regenrinne hochklettern und dann innen bis zur Vorratskammer kriechen. Dort ist eine Klappe mit einer Kette, an der man sich herunterlassen kann. Aber man darf nicht so ein Fettbolzen oder erwachsen sein, das geht gar nicht."

Jessica war etwas enttäuscht. Sie war sich sicher, dass kein Kind solche Unmengen an Mehl stehlen würde, also musste es doch noch einen anderen Weg in das Lager geben, aber welchen? Darüber rätselte sie anschließend mit ihrer Freundin, als die zurückkam.

„Ich weiß jetzt, wie man in Evas Lager kommen kann, aber ein Erwachsener kann diesen Weg garantiert nicht nehmen."

„Wie ist der Dieb dann reingekommen?" Andrea schien ratlos, aber Jessica hatte inzwischen eine neue Idee. „Es muss jemand sein, der hineingehen kann, ohne dass es jemandem auffällt. Erinnere dich an „Miss Marple erzählt eine Geschichte". Dort wurde eine Frau erstochen und als erstes ihr Mann verdächtigt. Weil alle Zeugen behaupteten, nur das Zimmermädchen habe den Raum betreten. Aber dass es in Wahrheit die Mörderin war, die mit einer gestohlenen Uniform genauso aussah wie das Zimmermädchen, hat keiner bemerkt."

„Wer käme denn überhaupt in Frage das Vorratslager zu betreten? Auf jeden Fall die Lieferanten", zählte Andrea auf.

„Vielleicht hat es auch einen Umbau oder Reparaturen gegeben, das sollten wir prüfen", ergänzte Jessica.

Fipps war dem Gespräch interessiert gefolgt. „Warum macht ihr das? Seid ihr Detektive?"

Andrea lachte geschmeichelt. „Nein, leider nicht, aber wir glauben, dass die Leute uns verdächtigen, weil in letzter Zeit große Mengen an Mehl, Zucker, Nüssen und Gewürzen verschwinden und wir hier neu sind, deshalb wollen wir genau wissen, was da abläuft."

„Das ist echt cool", grinste Fipps erfreut. „Habt ihr schon im Netz recherchiert?"

„Wonach sollten wir denn im Netz suchen?" Jessica schaute ihn misstrauisch an.

„Na, zum Beispiel, ob es noch andere Läden gibt, wo Mehl und Backsachen geklaut werden. Vielleicht gibt es Lieferfahrzeuge die in mehreren Orten liefern."

„Du hast bestimmt nicht so viele Krimis gelesen wie ich", rief Andrea erstaunt. „Aber die Idee ist spitzenmäßig."

„Kommt aber erst später in Frage, die beiden müssen los."

Bis zum Mittag war Andrea im „Paradies" und Jessica in der Drogerie gewesen und beide hatten vorsichtige Fragen zu den Lieferanten und zu Reparaturarbeiten gestellt. Aber beide Frauen waren nur zu gerne bereit, alles was sie wussten weiter zu geben.

„Ich finde das toll, dass ihr euch kümmert", stöhnte Eva. „Es hört einfach nicht auf und die Polizei findet nichts."

Am Mittagstisch tauschten sie sich aus. Jessica überflog die Notizen, die sie gemacht hatten. „Also, Reparaturen gab es keine, bleiben die Lieferanten. Davon gibt es mehrere in beiden Geschäften, aber nur die Firma Evers Transporte, lieferte sowohl ins „Paradies", als auch in die Drogerie. Haben wir damit schon einen Verdächtigen?"

„Eher zwei", seufzte Andrea. „Im „Paradies" war die Rede von einem jüngeren Fahrer mit einer tätowierten Glatze. Also ich mag mir das überhaupt nicht vorstellen, du wachst morgens auf und siehst im Bett neben dir einen Totenkopf, Pfui Teufel!" Sie schüttelte sich übertrieben heftig, während Jessica bei dieser Vorstellung auch kichern musste. „In der Drogerie hat die Chefin hat von dem älteren Fahrer mit einer weißen Mähne regelrecht geschwärmt und gesagt, dass sie den auch nicht von ihrer Bettkante schubsen würde. Aber selbst wenn es einer von beiden wäre, wie läuft das ab und was machen sie mit dem Zeug? Irgendwie hatte ich mir das Ermitteln leichter vorgestellt."

Als Fipps kam, um eigentlich im Hühnerstall zu helfen, fand auch Jessica, dass es wichtiger sei, weiter hinter die Methoden des Diebes zu kommen. Er betrachtete ihren Laptop, auf den sie immer noch sehr stolz war, eher verächtlich. „Der hat auch schon seine besten Tage gesehen. In der Schule haben wir auch nur alte Klamotten, dabei sollen wir doch fit für die Zukunft gemacht werden."

„Hast du denn Ahnung davon?" Jessica fragte es etwas pikiert, vergaß aber ihre Frage sofort, als sie sah, wie seine Finger über die Tasten huschten und wie er schon nach kurzer Zeit rief. „Wollt ihr wissen, was die Polizei bisher ermittelt hat?"

„Um Himmelswillen", rief Jessica, „du kannst dich doch dort nicht einhacken!" Aber eigentlich gab es ja kaum andere Möglichkeiten und neugierig war sie auch, also schlug das Verlangen mehr zu erfahren, die moralischen Bedenken mit mindestens drei zu eins.

Sie holte tief Luft. „Ja, unbedingt."

Fipps, der sie genau beobachtet hatte grinste wissend. „Seit zwei Monaten gibt es Diebstähle in 7 Bäckereien, 5 Bio-Läden und 5 Drogerien."

„Wer hätte das gedacht", murmelte Jessica, während sie ihm über die Schultern sah. „Glaubt ihr, dass es so etwas wie eine Mehl-Mafia geben könnte? Irgendjemand muss doch danach etwas mit diesen Mengen an Mehl anfangen?"

Andrea schüttelte nur den Kopf. „Wir haben uns inzwischen auf zwei Verdächtige geeinigt, können sie aber noch nicht überführen, denn dafür müssten wir sie beobachten. Beide liefern am Donners-tag, aber ohne feste Lieferzeit. Sie können demzufolge in der ge-samten Öffnungszeit kommen."

„Also ich könnte euch helfen, aber erst nach der Schule. Ich falle kaum auf und ich bin ein guter Beobachter."

Andrea nickte. „Ich mache einen Plan, damit wir uns abwechseln können." Sie stand auf. „Das mache ich am besten gleich, denn morgen fahre ich mit Janine von nebenan zum Markt in Schwarz-bach. Sie hat mir so von den veganen Angeboten dort vorge-schwärmt, dass ich das sehen muss."

Jessica nickte nur und ging mit Fipps in den Hühnerstall. Nach ei-nigen vorsichtigen Bemerkungen erhielt sie endlich die Adresse der Mutter in einem Häuserblock, der ganz in der Nähe lag.

Als Andrea am nächsten Tag vom Markt heimkehrte, trug sie nicht nur zwei große Körbe mit veganen Köstlichkeiten, sondern auch eine triumphierende Miene stolz vor sich her. „Der Fall ist so gut wie erledigt, weil ich schärfere Augen habe als ein Steuerprüfer mit Diplom, mir entgeht so leicht nichts."

Während Jessica, Fipps und Pippa am Küchentisch erste Kostproben naschten, murrte Andrea „Will mich denn keiner fragen? Ich platze gleich an dem Geheimnis."

„Also wer war's?" Jessica legte ihr Notizen parat, während Andrea begann. „Der Markt war echt toll, bis ich einen Stand entdeckte, an dem Bio-Mehl, Zucker, Nüsse und Gewürze günstiger verkauft werden. Ich schwöre euch, mir schoss sofort ein sonderbares Gefühl durch den Körper, so als ob sich meine Fußnägel hochrollen. Das muss die Mehl-Mafia sein! Natürlich habe ich das nicht laut gesagt", erklärte sie in Richtung der Kinder. „Ich bin ganz unauffällig dort vorbei geschlendert, habe ein Foto gemacht und wen sehe ich dort? Den Fahrer mit dem Totenkopf! Er kam nicht zufällig vorbei, denn er hat die Verkäuferin geküsst."

„Also ein Gauner-Pärchen", stellte Fipps lakonisch fest und Jessica setzte fort. „Dass ein Fahrer das Lager unauffällig betreten kann leuchtet ein, aber da wo ihn jeder beobachten kann, nimmt er doch nicht 5 Kilo Mehl unter dem Arm mit nach draußen?"

„Ich weiß auch nicht, wie er das macht", überlegte Andrea. „Aber jetzt brauchen wir uns nur noch auf einen konzentrieren."

„Und wir müssen herausbekommen, wie genau er das macht."

Während Pippa hingebungsvoll ihr neues Malbuch füllte, blieb Fipps ruhig, hörte genau zu und wartete auf seine Chance. „Aber ich könnte doch vorher reinklettern und beobachten was er macht. Vom Entlüftungsschacht aus kann man alles sehen."

„Und du nimmst mein Handy mit und sagst uns Bescheid oder machst sogar ein Foto, das wäre super!" Andrea strahlte. „So müsste die Ermittlungsarbeit immer sein, der Dieb wird gefasst und wir zeigen den anderen, dass wir auf diesem Gebiet nicht ohne sind."

„Wenn es für dich nicht gefährlich wird, wäre ich auch für diese Lösung." Jessica fühlte sich mehr und mehr für diese Kinder verantwortlich und wollte sie auf keinen Fall einer Gefahr aussetzen.

„Fipps macht das schon, er ist ein Pfiffikus, das sagt unsere Oma immer. Ich glaube, das ist etwas ganz Tolles!"

Nach Pippas Äußerung fiel es Jessica leichter zuzustimmen. „Aber die Schule…"

„Die fällt morgen aus", rief Fipps mit leuchtenden Augen. „Unsere Klassenräume müssen desinfiziert werden, weil es irgendein Problem gibt, aber bei Pippa nicht."

„Gut, dann beginnt die Operation Mehl-Mafia morgen früh."

Nachdem die beiden Frauen allein waren, zog Jessica ihre Freundin, die gerade ihre Planung anpassen wollte, noch einmal an den Tisch zurück. „Ich war heute früh bei der Mutter der beiden und habe ihr ordentlich die Meinung gesagt. Sie ist zwar erst 25, aber sie hat zwei so nette Kinder, da kann man sich nicht einfach wegen

Liebeskummer ins Bett legen und sich um nichts mehr kümmern."

„Aber hat Fipps nicht gesagt sie sei krank?"

„Das hat sie mir auch gesagt, sie war jedoch nicht beim Arzt und ist daher nicht krankgeschrieben. Den Job hat sie deswegen auch schon verloren und eigentlich wollte sie sich das Leben nehmen."

„Ach die Arme", seufzte Andrea.

„Von wegen die Arme", Jessica war immer noch wütend. „Wegen irgendeines Kerls sein Leben wegwerfen! Ich habe ihr gedroht, wenn sie noch einmal an so etwas denkt, komme ich und übernehme das selbst. Außerdem habe ich verlangt, dass sie zum Amt geht, damit sie Geld bekommt und ihre Kinder versorgen kann. Sollte sie das nicht in den nächsten drei Tagen machen, informiere ich das Jugendamt. Bis dahin frühstücken die Kinder bei uns."

Am nächsten Morgen beim Frühstück sahen die Kinder bereits gepflegter aus, was Jessica in ihrem rigorosen Vorgehen bestätigte. Während Pippa zur Schule ging, folgte Fipps den beiden Frauen zum „Paradies".

„Fipps hat sich bereit erklärt, uns bei der Aufklärung der Diebstähle zu helfen, es könnte sein, dass er sich mal am Eierkuchenmehl und den Haferflocken vergriffen hatte, aber das macht er jetzt wieder gut", erklärte Jessica der überraschten Eva.

Die murmelte nur „Schwamm drüber, Hauptsache ihr klärt das auf und findet den Richtigen. Braucht ihr lange? Der Fahrer hat vorhin angerufen, dass er früher kommt."

„Das passt", erwiderte Andrea, denn Jessica war schon dabei Fipps an die Regenrinne zu heben, wo er in Windeseile hochkletterte und hinter der Klappe verschwand. Nur kurze Zeit später meldete er sich über das Handy bei Jessica. „Ich bin bereit und kann alles gut sehen."

Die nickte nur zufrieden und zog sich mit Andrea in den Ladenbereich zurück, der unmittelbar hinter dem Lagerraum war. Als der Fahrer hupte, kam Eva nach hinten und begrüßte den Tätowierten, der dann einen Transportcontainer aus Metall in Richtung Lagerraum rollte. „Ich packe es Ihnen wieder in die Regale", rief er nur und verschwand. Eva sah die beiden fragend an. „Ihr habt ihn verdächtigt, wie soll das denn gehen?"

Während Andrea zu einer Erklärung ansetzte, meldete sich Fipps an Jessicas Handy. „Er hat mindestens 6 große Mehlpakete und 4 Nusstüten einfach wieder in diesen Metallkoffer gepackt und kommt gleich raus."

Jessica nickte nur und wandte sich Eva zu. „Jetzt wissen wir, wie er es macht, rufen Sie gleich die 110."

Dann blockierten die Frauen sofort den Ausgang. Eva sah den Mann erbost an. „Ich habe mich extra bei deinem Chef für dich eingesetzt und zum Dank dafür klaust du meine Waren?"

Der Mann stockte kurz, lachte dann aber verächtlich. „Wo soll ich denn hier etwas geklaut haben? Ihr könnt mich gerne durchsuchen." Dabei hob er provozierend die Arme, aber Jessica ließ sich nicht beeindrucken. „Nach meinen Informationen haben sie 6 Mehlpakete und 4 Nusstüten in ihrem Container. Wenn Sie das auch in den anderen Läden eingesackt haben, kommt eine Menge zusammen."

„Und ich weiß, wo sie die Beute verkaufen. Ich war auf dem Markt in Schwarzbach und habe auch Fotos gemacht", ergänzte Andrea. Jetzt schien der Mann doch irritiert. Sich nach allen Seiten umsehend, versuchte er dann etwas hektisch an ihnen vorbeizukommen und stieß dabei Eva rücksichtslos zur Seite, aber da bog der Streifenwagen schon um die Ecke und die Polizisten legten dem aggressiven Mann sofort Handschellen an.

„Habt ihr ihn? Hat es geklappt?" Fipps kam eilig an der Rinne heruntergerutscht und ließ sich von Jessica auffangen. Als er die Handschellen sah, wurden seine Augen noch größer und er blickte unsicher zu Eva, aber die klopfte ihm anerkennend auf die Schulter und drückte den Frauen dankbar die Hand. „Also Mädels, wenn ich das zu euch sagen darf, das war einsame Spitze! Ich werde die anderen Frauen, die auch beklaut wurden informieren, dann lassen wir uns was Hübsches für euch einfallen. Und wenn es bis heute noch keiner gesagt hat, dann jetzt: Herzlich willkommen bei uns! Solche Neuzugänge wünschen wir uns."

Als die drei zurück im Haus waren entschied Jessica. „Wer so erfolgreich war, der muss das auch feiern und zwar jetzt gleich. Wenn deine Schwester schon zuhause ist, dann holst du sie am besten dazu. Ich habe Linseneintopf vorbereitet mit den kleinen Würstchen, die du so magst."

„Ich bin schnell wie der Wind zurück", versicherte Fipps. „fangt ja nicht ohne mich an!"

Die Siegesfeier wurde sehr ein vergnüglicher Nachmittag, an dem sie erst wieder zur Ruhe kamen, als Jessicas Telefon klingelte. Eva rief an und erzählte, dass weitere Diebstähle aufgeklärt seien.

„Stellt euch vor, der Kerl hat jedes Mal seine Kinder mitgebracht und sie zum Stehlen losgeschickt. Die Polizei hat auch die Frau festgenommen. Gut, dass ihr uns gerettet habt, wer weiß was noch alles passiert wäre."

Am nächsten Vormittag stand wie erwartet Sylvie mit zwei gutaussehenden, kräftigen Männern vor der Tür.

„Das sind meine Brüder Lennart und Mirko." Sie schob einen etwas blassen Mittfünfziger nach vorne. „Lennart ist Physiotherapeut, er hat sich bei der Arbeit in der Klinik Long-Covid eingefangen und wenn ihm das Zimmer neben meinem gefällt, könnte ich ihn hier ein wenig aufpäppeln. Mirko braucht das nicht, er ist jünger als wir beide und beneidenswert gesund. Das muss er auch sein, er arbeitet bei der zuständigen Polizeidirektion."

„Na dann ist er bei uns ja genau richtig", hieß Jessica die beiden herzlich willkommen. Nachdem die freie Zimmerkombination eingehend geprüft wurde, saßen zum Abendessen schon die zwei neuen Mitbewohner am Tisch.

Der nächste Tag brachte wieder eine Überraschung. Eva und Karla überreichten einen riesigen Korb mit Spezialitäten. „Wir haben uns richtig Mühe gegeben nur die Sachen einzupacken, die zur *Blauen Zone* passen, denn ihr seid es wirklich wert."

Jessica war ganz gerührt über so viel Anerkennung, beinahe wären ihr die Tränen gekommen, bis Andrea ungerührt äußerte. „Eigentlich hatten wir uns letztes Jahr schon vorgenommen hinter den Gaunern herzujagen, so mehr als Motivation zum Abnehmen und überaschenderweise lief das ganz gut!"

Die beiden Frauen sahen sich verblüfft an. „Guter Tipp, aber das probiere ich lieber nicht aus", rief Eva und die Frauen verabschiedeten sich lachend.

Auch das Seminar zum nächsten Geheimnis der *Blauen Zonen*, wurde am Wochenende ein voller Erfolg. Allen gefiel, wie Clemens an die Thematik heranging. Er betonte schon zu Beginn: „Die Ernährung ist die wichtigste Stellschraube für ein gesundes und jugendliches Altern und wir verbinden dabei die typische Mittelmeerkost mit einigen asiatischen Spezialitäten." Anschließend gab er Tipps zur Anwendung, in denen er neben den Powerstoffen in Kichererbsen und Süßkartoffeln, auch auf die, in den heimischen Kohlsorten, den Linsen und den blauvioletten Früchten hinwies. Dann beorderte er die Teilnehmer in die Küche im Haupthaus und teilte sie zur Vorbereitung ein. Während sie eifrig schälten und schnippelten, stand er am Herd und brutzelte in der Pfanne oder dämpfte etwas schonend. Zum Schluss aßen alle gemeinsam ein Brokkoli-Blumenkohl-Gemüse mit Karotten, das Clemens vegetarisch anbot oder auch mit Hühnerbrust oder Lachsstreifen ergänzte. Der Höhepunkt jedoch war ein Trifle mit Heidelbeeren und blauen Trauben.

„Jetzt ist das richtige Essen kein Geheimnis mehr, jeder kann es nachmachen und wer kein so gutes Gedächtnis hat, kann sich am Plakat der beiden orientieren.“

Damit schloss Clemens das Seminar und alle fotografierten noch das REZEPT-Kunstwerk von Jessica und Andrea. Während sich die meisten eilig verabschiedeten, blieb eine der Frauen noch etwas zögerlich zurück und flüsterte dann an der Tür kurz mit Andrea. Die nickte nur und schaute grinsend in Jessicas Richtung. Das würde morgen eine tolle Überraschung werden. Schon wieder ein neuer Fall, wer hätte das gedacht? Wenn dieser so schnell zu klären wäre, wie der mit der Mehl-Mafia, dann wären Spaß und Freude schon vorprogrammiert und bestimmt zwei neue blaue Punkte.

Ein unterschätztes Kunstwerk

Obwohl es am nächsten Morgen während des Walkings leicht regnete, waren Jessica und Andrea immer noch in bester Stimmung. Inzwischen umrundeten sie den See bereits vollständig ohne aus der Puste zu kommen oder wie es Andrea ausgedrückt hatte, ihr Tempo beim Gehen war schon eindeutig jugendlich.

Das Seminar am Samstag war eine gelungene Sache gewesen und Sylvies Bruder hatte das Zimmer gut gefallen und vor allem die Möglichkeit viel im Freien zu trainieren. Beide wollten heute noch die Renovierung der Zimmer planen und dann so schnell wie möglich einziehen. Für die Übernachtung waren sie in einem kleinen Hotel in der Nähe untergekommen, aber zum Frühstück wurden sie schon in der WG erwartet. Stolz stellte Jessica alle fünf Frühstückseier in ihren blauen Bürgel-Eierbechern auf den großen Esstisch in der Küche. Jetzt würden sie für alle reichen, weil sie bei ihrem Müsli blieb.

„Sabine Stiller die gestern beim Seminar war, würde gerne nachmittags kurz vorbeikommen, bei ihr wurde vor einem Monat eingebrochen."

„Ist das nicht Sache der Polizei?" Jessica antwortete etwas unwillig, als sich Andrea aus dem gemeinsamen Wohnzimmer meldete.

„Da war sie ja auch, aber da nur ein Bild gestohlen wurde, das ihrer Meinung nach wertlos ist, gibt es keine weiteren Ermittlungen. Die

Frau macht sich jedoch Sorgen und solange sie nicht weiß, wonach wirklich gesucht wurde, kommt sie nicht zur Ruhe."

Jessica schüttelte den Kopf. Nur weil sie die rätselhaften Diebstähle in Evas „Paradies" aufgeklärt hatten, musste man doch nicht gleich annehmen, dass sie jetzt eine Außenstelle von Interpol wären. Außerdem hatte sie von Kunst nicht die geringste Ahnung!

Andererseits war es ja auch ganz nett, wenn sich ihr Erfolg herumsprach und man sie bei speziellen Fällen konsultierte, so wie Miss Marple in den Krimis.

„Das lässt sich bestimmt einrichten", rief sie dann noch Andrea zu und konzentrierte sich wieder auf die Kaffeemaschine. Sie hätte dieses luxuriöse Modell niemals ausgesucht, musste aber Andreas Wahl etwas zähneknirschend gutheißen, da der Kaffee egal ob als Cappuccino, Latte Macchiato oder stinknormal verdammt gut schmeckte. Nur die Bedienung war dann doch nicht so luxuriös, dass sie immer einige Minuten brauchte, bis es zischte und dampfte und die Gerüche die Frühstücksgäste endlich an den Tisch zogen. Irgendwie passte es jetzt richtig zu einer WG, dass am Frühstückstisch nicht wie am Anfang zwei, sondern mittlerweile sechs Personen saßen.

Sylvie, selbst Großmutter, fand die Kinder ganz reizend, die ihr natürlich den großen Fall mit der Mehl-Mafia in allen Einzelheiten erzählen mussten und sie auch in alle anderen wichtigen Dinge einweihten, welche Blumen Pippa regelmäßig goss oder wie wichtig es sei, den Hühnerstall sauber zu halten. Fipps zeigte stolz seine Muskeln, die durch die Arbeit bestimmt noch weiterwachsen würden.

„Und wann ziehst du ein?" Pippas Frage brachte Sylvie zu ihrem wichtigsten Anliegen zurück.

„Wenn die Farbe jetzt auch so aussieht wie ich es mir vorstelle, können wir übermorgen mit Streichen beginnen."

„Wir helfen", rief Fipps sofort und Sylvie nahm lachend an.

„Hast du schon eine Ahnung wieviel Möbel ihr mitbringen wollt, ihr könnt euch heute gerne noch unsere Zimmer ansehen?" Andrea machte das Angebot für beide und Jessica nickte zustimmend.

„Das wäre wirklich gut, ich habe zwar eine grobe Vorstellung, aber wie es dann aussieht, weiß ich noch nicht", stöhnte Sylvie. „Ich bringe außerdem noch meine Arbeitsgeräte für den Garten mit. Gibt es dafür eine Unterstellmöglichkeit?"

„Wenn es die nicht gäbe, würden wir sie schaffen", lachte Jessica. „Du hast keine Ahnung, wie sehr sich unser Garten danach sehnt, dass du endlich einziehst."

Nach dem Mittagessen waren Jessica und Andrea dann wieder einmal alleine, was sich inzwischen ungewohnt anfühlte.

„Ich werde zum Mittagsschlaf hier im Sessel bleiben bis Frau Stiller kommt." Jessica kuschelte sich in ihren bequemen Lese-Sessel und schloss die Augen. Als Kind hatte sie Mittagsschlaf gehasst, aber heute genoss sie die erholsamen Minuten. Andrea dagegen schien anders gestrickt zu sein, sie schlief tagsüber nie, sondern ging lieber spazieren oder stieg auf ihren Heimtrainer, den sie seit kurzem in einem der ehemaligen Stallräume untergebracht hatte. Bisher waren nur die Wände weiß gestrichen, aber Andrea schwebte noch eine Videowand vor, auf der man dann den Eindruck haben sollte, mit dem Fahrrad am Strand entlang zu radeln.

Die Klingel ließ Jessica hochschrecken. Aber der Blick zur Uhr beruhigte sie, die 15 Minuten waren um und jetzt galt es eine neue Straftat aufzuklären.

Sabine Stiller schien eine sehr zurückhaltende Person zu sein, die lieber zuhörte, als zu reden. Auch jetzt knetete sie nervös ihr Taschentuch in der Hand und nahm nur auf der Sesselkante Platz.

„Ich weiß, dass es überhaupt nicht Ihre Aufgabe ist, aber alle sind so begeistert davon, wie Sie die Diebstähle aufgeklärt haben, daher dachte ich…" Sie strich etwas hektisch ihre dunkelblonden Haare zurück, die schon von vielen grauen Strähnen durchzogen waren.

„Ich schlafe seit dem Einbruch nicht mehr gut, weil ich immer grübele, warum das passiert ist und ob derjenige noch einmal zurückkommen könnte, weil er nicht das Richtige gefunden hat. Die Polizei hat den Einbruch aufgenommen und gesagt, ich hätte noch mal Glück gehabt."

Andrea hatte schon ihren Block parat und stellte die erste Frage: „Welches Bild wurde denn gestohlen?"

Frau Stiller schüttelte verzweifelt den Kopf. „Das ist etwas, das ich nicht verstehe. Dieses Bild hat mein Mann bei einem Kartenspiel gewonnen, er ist letztes Jahr gestorben, daher kann ich ihn nicht mehr fragen. Aber er hat mir die Geschichte oft erzählt, wie er in eine Pokerrunde geraten ist und an diesem Abend einfach unwahrscheinliches Glück hatte. Einem der Mitspieler ging das Geld aus, deshalb hat er das Bild eingesetzt und betont, es könnte später mal viel wert sein."

„Hat das Bild einen Namen oder wissen Sie wie der Maler heißt?" Bei Jessicas Frage schüttelte Frau Stiller sofort den Kopf. „Ich bezweifle, dass es überhaupt einen Namen hat, es war so etwas Modernes, wo man nichts erkennen kann. Und der Maler hieß Leander, aber ich weiß nicht, ob das ein Vorname oder ein Familienname ist."

Andrea und Jessica sahen sich ratlos an. „Gibt es Fotos von dem Bild, auf ihrem Handy oder in Versicherungsunterlagen?" Frau Stiller verneinte sofort, schien aber nachzudenken und etwas auf ihrem Smartphone zu suchen. „Versichert war das Bild auf keinen Fall, wir wussten ja nicht, ob es überhaupt einen Wert hat. Aber ich habe da etwas. Ich hatte das Weihnachtsgesteck, das wir im Nachbarschaftshaus gebastelt haben für mich fotografiert und darüber hängt das Bild."

Sie reichte ihr Smartphone bereitwillig zu den Frauen und Andrea holte extra ihre Lesebrille, aber außer vielen Streifen in schwarz, grau und türkis, war einfach nichts zu erkennen. „Also ich kann dem auch keinen Namen zuordnen, aber trotzdem könnte uns das Foto weiterhelfen. Darf ich es auf unsere Handys schicken? Das Gesteck haben Sie wirklich gut hingekriegt."

Jessica hatte inzwischen ihre Notizen überflogen und versuchte zu ergänzen. „Wann war denn der Einbruch überhaupt?"

„Am 6.März, das war ein Mittwoch, da gehe ich immer zur Handarbeitsgruppe im Nachbarschaftshaus. Ich bin zwar nicht so geschickt, aber wir unterhalten uns dort immer so nett."

„Das war vermutlich am Nachmittag?"

„Nein, wir treffen uns immer so, dass wir nach dem Nähen oder Sticken dort noch Mittag essen können."

„Also irgendetwas an dieser Sache ist ungewöhnlich", resümierte Jessica. „Ich habe gelesen, dass am häufigsten zwischen 16.00 und 20.00 Uhr eingebrochen wird. Und die Monate, in denen das sehr oft passiert sind Oktober bis Januar, wo es dunkel, neblig oder diesig ist. Dieser Diebstahl scheint ein ziemlich untypisches Herangehen zu sein. Es sieht so aus, als ob der Einbrecher sie regelrecht ausgespäht hat und dass es ihm nur um das Bild ging. Wie sah es denn in den Räumen aus, als Sie nach Hause kamen? Hat er viel durchsucht oder durchwühlt?"

„Das ist ja das Verrückte", rief Frau Stiller erbost. „Es gab nichts, was auf einen Einbruch hindeutete, außer dass das Bild weg war. Können Sie sich vorstellen, wie die Polizisten reagiert haben, als sie in mein aufgeräumtes Wohnzimmer kamen und ich behauptet habe, jemand sei eingebrochen?"

„Gab es Kratzer an der Tür oder am Rahmen?" Andrea beugte sich gespannt vor. Irgendetwas musste doch Anhaltspunkte bieten, aber Frau Stiller verneinte wieder.

Wenn uns Fipps nicht helfen kann, wird das unsere erste Blamage, dachte Jessica bei sich. Dann wandte sie sich an Frau Stiller. „Nach den ersten Erkenntnissen, bin ich mir ziemlich sicher, dass der Einbrecher nicht wiederkommt, weil es ihm um das Bild ging und nur um das Bild. Was wir nicht wissen ist, weshalb und was so wichtig an diesem Bild ist und dazu müssen wir im Internet recherchieren. Vielleicht finden wir dabei auch den Namen des Bildes oder des Malers. Wir rufen Sie an, sobald wir etwas Handfestes haben."

„Sie können auch gerne vorbeikommen, ich wohne doch nur zwei Häuser weiter." Frau Stiller erhob sich und sah jetzt so erleichtert aus, als ob sie gerade eine Zahnarztpraxis verlassen habe und noch alle Zähne vorhanden wären.

Andrea brachte sie zur Tür und setzte sich dann mit langem Gesicht zu Jessica. „Hast du auch den Eindruck, dass das ein fürchterlicher Reinfall werden könnte? Warum klaut jemand ein Bild, das keiner kennt und das nichts wert ist?"

„Das wissen wir doch noch nicht." Jessica raffte ihre Notizen zusammen. „Vielleicht ist der Maler gerade verstorben und das Bild ist jetzt das Hundertfache wert? Oder auf der Rückseite war eine versteckte Botschaft, die wir natürlich nicht mehr prüfen können."

„Oder im Bild selbst gibt es eine geheime Nachricht." Auch Andrea geriet jetzt in Fahrt. „Ich muss mir das das Foto noch mal ansehen. Vielleicht sollten wir es am Laptop vergrößern, denn da wird doch bestimmt Mikroschrift verwendet."

Jessica lachte. „Andrea, wir sind in Grünberg, nicht in Washington. Hier gibt es bestimmt keine Spione, die Botschaften auf diese Art und Weise austauschen. Hoffentlich findet Fipps etwas heraus!"

„Das hoffe ich auch." Andrea erhob sich. „Ich lade es trotzdem hoch und drucke es passend aus. Dieser Fall ist völlig anders, als bei der Mehl-Mafia. Deshalb brauchen wir für diesen oder auch die kommenden Fälle eine Übersicht, wonach wir vorgehen können, damit wir uns nicht zu sehr in Details verlieren. Ich werde mir dazu ein paar Gedanken machen."

Als ob Fipps wahrnehmen könnte, dass nach ihm verlangt wurde, tauchte er putzmunter genau in dem Moment auf, als Andrea den Raum verließ. Jessica sah zufrieden, dass seine Kleidung zwar nie ganz sauber, aber deutlich sauberer als früher war und er und seine Schwester inzwischen besser versorgt wurden. Offensichtlich hatte ihre direkte Ansprache bei der jungen Mutter doch etwas bewirkt. Eigentlich brauchten die Kinder nicht mehr in der WG zu frühstücken oder bei der Arbeit zu helfen, aber sie wollten es gerne oder wie Fipps es ausdrückte. „Ohne uns kommt ihr doch gar nicht zurecht." Und heute war das tatsächlich der Fall.

„Gut, dass du kommst, wir haben eine neue Klientin. Es geht um einen Einbruch, der nicht wie einer aussieht und um ein Bild, das gestohlen wurde, obwohl es eigentlich keiner kennt."

„Sag doch einfach, wonach ich suchen soll", grinste er und nahm wie selbstverständlich an ihrem Laptop-Tisch Platz.

„Es ist ein Bild in sehr modernen Stil und soll von einem Maler stammen, der Leander heißt."

„Vor- oder Zuname?"

„Keine Ahnung."

Wie immer huschten die Finger von Fipps in einer Geschwindigkeit über die Tastatur, dass Jessica fast schwindlig wurde. Als sie über seine Schulter schaute und die Mengen an Gemälden sah, vermutete sie auch wie Andrea, dass das Ganze doch etwas zu anspruchsvoll für sie sei, aber Fipps klickte noch ein letztes Mal und sah sich dann triumphierend um. „Das müsste er sein."

Jessica beugte sich vor und las laut, weil sie hoffte, dass sich ihr der Sinn hinter der Bewertung besser erschließen würde: „*Leander Sandberg schafft lebendige und farbenprächtige Gemälde, die ein Gefühl von Struktur, Architektur und Komposition vermitteln, obwohl er sich vor allem auf dunkle Grautöne, immer in Kombination mit einem leuchtenden Türkis konzentriert. Seine Arbeiten sind einzigartig und vermitteln ein Gefühl von Kontrast, Einheit und Harmonie, indem es ihm gelingt, durch die Kombination von wenigen Farben und Formen ein tieferes Verständnis zu vermitteln.* Also, bei mir ganz sicher nicht, aber Fipps, du hast das echt gut gemacht, es scheint wirklich der Leander zu sein, von dem Frau Stiller gesprochen hat."

Zum Vergleich zeigte sie das Foto von ihrem Handy. „Wenn die Farben grau und türkis typisch für ihn sind, dann stimmt das hier echt überein."

„Und der Maler ist tot", überlegte Fipps. „Dann sind seine Bilder jetzt vermutlich wertvoller."

„Das hatte ich auch schon gedacht." Jessica setzte sich wieder.

„Was bringen denn Leanders Bilder heute?"

Als sie ein erstauntes Pfeifen hörte, sprang sie wieder auf, um selbst nachzusehen. Fipps drehte den Laptop zu ihr.

„Wow, kein Bild unter 15.000 Euro! Ich wusste gar nicht, dass moderne Malerei so viel einbringen kann. Andererseits hat man ja wenig davon, wenn man nicht mehr lebt."

„Aber vielleicht lebt er ja noch", rief Andrea, die die letzten Bemerkungen noch gehört hatte und Kopien des Bildes mitbrachte. „Nehmen wir mal an, er hat offiziell seinen Tod erklären lassen und sammelt dann alle verschenkten Bilder wieder ein, um sie zu diesen Wahnsinnspreisen zu verkaufen."

„Möglich wär's." Jessica nickte, aber dann fielen ihr mehr und mehr Fakten ein, die gegen diese These sprachen. „Wenn jemand stirbt, ob berühmt oder nicht, muss ein Totenschein vorliegen."

„Du hast recht." Auch Andrea musterte jetzt die Einträge im Internet. „Jemand aus seiner Familie könnte es sein, aber hier steht überhaupt nichts zum Privatleben, nicht einmal ob er verheiratet war oder Kinder hatte."

„Ich kann ja noch weitersuchen, aber heute geht es nicht. Unsere Oma kommt morgen zu Besuch und bis dahin muss mein Zimmer vorzeigbar aussehen."

„Brauchst du Hilfe?"

„Nein, nein", wehrte er ab, „ich habe alles im Griff."

Andrea wartete bis er das Zimmer verlassen hatte, um dann ihrer Freundin anerkennend auf die Schulter zu klopfen. „Es sieht ganz danach aus, als ob deine energische Ansprache Wunder bewirkt." Die nickte nur. „Hoffentlich bleibt es dabei, das wäre wenigsten ein Erfolg, während ich hier überhaupt nicht durchsehe. Was ist mit deiner Übersicht? Kann sie weiterhelfen?"

„Ach, ich weiß nicht so recht, ich wollte weg von den Fragen, die der alte Nick Knatterton in den Krimis meiner Jugendzeit gestellt hat: Wer war, wann, wo, und wozu, beziehungsweise warum irgendwo? Deshalb habe ich das Vorgehen mit Buchstaben aufgegliedert, es heißt VAMOS."

„Wie in Vamos a la playa?" Jessica sang und tänzelte um ihre Freundin herum.

„Genau, ich kann kein spanisch und auch nicht so gut singen wie du, aber ich weiß, dass es vorwärts bedeutet. Und darum geht es schließlich bei er Aufklärung eines Falles." Dann breitete sie ihre Notizzettel aus und verfolgte sie gemeinsam mit ihrer Freundin:

V – Vorteil oder wem nützt es?

A – Aussage, ist die stimmig oder widersprüchlich?

M – Motiv, geht es um Geld oder Gefühle oder Konkurrenz?

O - Ort der Tat?

S – Schnäppchen, bzw. wer hatte die beste Gelegenheit?

„Gehen wir doch einmal der Reihe nach durch", begann Jessica.

„Der Vorteil liegt hier klar auf der Hand, denn dieser Diebstahl kann eine Menge Geld bringen. Aussagen von Verdächtigen haben wir leider noch nicht, außer deiner Vermutung der Künstler selbst könnte es sein, aber die ist nicht stimmig."

„Ich glaube das Schema ist noch nicht perfekt", räumte Andrea enttäuscht ein. „In diesem Fall stimmen Vorteil und Motiv über-ein."

Als sie das Blatt entfernen wollte, stoppte Jessica sie. „Aber es könnte auch anders sein, denke an die vielen Straftaten, die aus Hass, aus Begehren oder auch religiösen Gründen geschehen."

„Stimmt. Der Ort ist klar, aber nicht, wieso es keine Einbruchspuren gibt. Es sei denn, derjenige verfügt nicht nur über Ortskenntnisse und Informationen über den Tagesablauf von Frau Stiller, sondern auch über gute Dietriche. So etwas hat man kaum, wenn es nur um einen Tatort geht."

„Du denkst, es könnten noch mehr Bilder als dieses verschwunden sein? Dann notiere ich das für Fipps, vielleicht findet er etwas darüber, wenn er wieder Zeit hat."

„Und der letzte Punkt bereitet mir die größten Schwierigkeiten", überlegte Andrea. „Selbst, wenn der Täter Ortskenntnisse hat, weiß, wann Frau Stiller nicht zuhause ist und auch noch den besten Dietrich hat, wie hat er überhaupt von dem Bild erfahren?"

„Richtig! Also müssen wir wissen, ob jemand bei Frau Stiller war oder sich nach dem Bild erkundigt hat. Willst du morgen mit ihr reden, ich kann leider nicht. Morgen kommt doch Gorica vorbei."

„Ach, die von der Fahrbibliothek, die uns immer die tollen Bücher zu den *Blauen Zonen* besorgt hat?"

„Genau die", lächelte Jessica. „Sie macht mit ihrem Mann Urlaub im Norden und kommt auf einen Schlenker bei uns vorbei."

Als am nächsten Vormittag die ersten Kuchendüfte durch die Küche zogen, kam Andrea von Frau Stiller zurück. Sie schnupperte angeregt an der Tür des Backofens und stöhnte. „Hast du eine Ahnung, wieviel tausend Kalorien sich hinter diesem Wahnsinnskuchen verstecken, um auf meine Hüften zu springen?"

„Hör auf zu jammern", lachte Jessica, „seitdem wir hier sind hast du zwölf Kilos abgenommen und ich nur zehn."

„Und das soll auch so bleiben, notfalls gibt es eine Sonderschicht auf meinem Rad."

„Wie war's bei Frau Stiller?"

„Sie hat mir erzählt, dass kurz vor dem Einbruch ein Mann da war, der nach ihrem Ehemann gefragt hat. Er würde ein Klassentreffen vorbereiten, aber Frau Stiller hat ihm das nicht geglaubt, weil er viel jünger war als ihr Mann, der mit 75 verstorben ist. Außerdem hat er sich das Bild sehr genau und lange angesehen."

„Gut aufgepasst. Wie sah dieser Mann denn aus?"

„Habe ich alles notiert!" Andrea nahm grinsend ihren Notizblock und las vor: „Zwischen 40 und 50, ziemlich kräftiger Typ, längere Haare, schon graumeliert, graue Augen, mit denen er ständig alles um sich herum taxiert hat, fährt einen unauffälligen grauen SUV."

„Wow, das dürfte dann unser Täterprofil sein. Super! Dafür zaubere ich heute die Hälfte der Kalorien aus deinem Kuchen."

„Das wäre schön, aber leider bist du nicht Laturgina, die schönste der Feen. Aber danke für das Kompliment, dafür übernehme ich die Kaffeemaschine."

Es röchelte und zischte noch gewaltig, als es klingelte und Jessica nach draußen stürzte, um Gorica zu begrüßen.

„Das also ist also eure *Blaue Zone?* Ich glaube ich ziehe auch um, das ist so ein schönes Städtchen und erst die Luft." Die Blondine sprudelte fast über vor Begeisterung und umarmte beide Frauen. Jessica betrachtete das rundliche Persönchen erstaunt. Sonst war sie doch eher zurückhaltend und still gewesen, aber die Aussicht auf Urlaub kann natürlich vieles ändern. Nach den ersten Blicken über den Garten und den blauen Treffpunkt, betraten sie den Wohnraum, in dem Jessica den runden Kaffeetisch im Erker gedeckt hatte. Durch den Luftzug segelten einige Blätter vom Schreibtisch und

Gorica fing eins davon auf. „Das kenne ich doch! So ähnlich sah das Bild aus, das aus unserer Artothek geklaut wurde. Waren die Diebe auch bei euch?"

„Das ist ja interessant, war euer Bild auch von Leander Sandberg?" Bei Jessicas Frage zuckte Gorica nur die Schultern. „Das weiß ich nicht, aber unser Chef hat gesagt, das Bild wäre jetzt um die 10.000 wert. Woanders wurden sogar zwei geklaut, das stand in der Zeitung und dass es eine Sonderkommission bei der Polizei gibt."

Danach ging es im Gespräch weniger um Bilder, sondern um den Geschmack des Kuchens, die Wünsche für das Urlaubswetter, aber in Jessicas Hinterkopf rumorte es bereits. Wenn Sylvie kommt, brauchen wir unbedingt weitere Informationen.

Nachdem sie die Urlauber herzlich verabschiedet hatten, versuchten sie und Andrea noch lange, die vorhandenen Fakten neu zu kombinieren, aber es taten sich keine weiteren Möglichkeiten auf.

Am nächsten Morgen als sie bei strahlendem Wetter, das so gar nicht nach April aussah vom Walking zurückkamen, warteten schon Sylvie und Lennart und mehrere Eimer Farbe auf sie, so dass keine Zeit für längere Diskussionen blieb. Nachdem Lennart in Sylvies Zimmer eine Akzentwand gezaubert hatte und der erste Anstrich in beiden Räumen trocknete, rief Jessica eine Pause aus und sie und Sylvie bereiteten schnell in der Küche einen kleinen Imbiss vor, während sich Andrea um die Getränke kümmerte.

„Eure Küche ist wirklich fantastisch für eine WG", schwärmte Sylvie, „ich darf hoffentlich auch mal an die großen Töpfe?"

„Liebend gerne", lächelte Jessica. „Ich backe lieber und freue mich, wenn du das Kochen übernimmst. Außerdem haben wir einen neuen Fall."

„Die Sache mit Evas „Paradies" habe ich doch schon gehört."

„Nein, das ist ja schon Schnee von gestern. Offensichtlich sind wir ziemlich gefragt", ergänzte Andrea und klang nur ein wenig angeberisch. „Es geht um Bilder, die man unterschätzt hat, die jetzt enorm im Preis gestiegen sind und geklaut werden. Anfangs dachte ich der Maler selbst holt sie zurück."

„Das erinnert mich aber sehr an das „Das Fräulein von Scuderie," rief Sylvie aufgeregt.

„Ist das ein Krimi?" Andrea zog zweifelnd die Augenbrauen hoch.

„Es ist eine Kriminalerzählung von E.T.A. Hoffmann und das Fräulein ist eigentlich die erste Frau in der deutschen Literatur, die in einem Kriminalfall ermittelt und zwar lange vor Miss Marple. Interessanterweise ist sie in der Geschichte auch 73, aber in einer früheren Zeit, so um 1680. Natürlich geht es dort nicht zu wie in den späteren Krimis, es gab halt damals keine richtige Polizei, hätte jetzt mein Bruder betont." Sie lächelte als auch ihr Bruder nickte.

„Aber weshalb ich das erzähle, dort geht es um einen Goldschmied, der wunderbaren Schmuck fertigt, ihn aber nicht loslassen kann. Und wenn er tatsächlich etwas weggeben musste, hat er die Leute im Schutz der Nacht überfallen und den Schmuck zurückgeholt. Vielleicht hat dieser Maler eine ähnliche Marotte?"

„Das kann nicht sein, denn er ist bereits tot."

„Und wenn es ein naher Verwandter wäre?" Auch Lennarts Vorschlag wurde gleich abgewertet.

„Dann müsste er doch eine Liste darüber haben, wohin die Bilder gegangen sind." Jessica deutete auf ihre Notizen. „Soweit wir wissen ist der Maler oft in Zahlungsschwierigkeiten gewesen und hat dann seine Bilder eingesetzt."

Lennart beharrte aber auf seiner Sichtweise. „Das schließt dennoch nicht aus, dass er es in den Finanzabrechnungen angeben musste."

Jessica und Andrea sahen sich zweifelnd an, nickten dann aber beide. In diesem Fall schien alles möglich.

„Es soll eine Sonderkommission bei der Polizei geben, weil der Wert der Bilder mittlerweile enorm gestiegen ist. Könnte dein Bruder etwas darüber wissen?"

Sylvie sah sie überrascht an. „Das würde mich sehr wundern, aber ich rufe ihn gleich nachher an. Aber jetzt lasst mich meine wunderschöne grüne Akzentwand fertigstreichen, damit ich später so gut schlafe, als wäre ich mitten im Wald."

Zwei Tage lang geschah nichts Besonderes, keine neuen Informationen, aber auch keine Katastrophen. Während Andrea in ihrem Sportpalast werkelte, nahm sich Jessica den Keller vor. Bisher hatte sie es immer vermieden nach unten zu gehen, aber heute wollte sie endlich prüfen, was man mit den freien Räumen anfangen könnte. Eine Waschküche stand unbedingt auf ihrer Wunschliste oder vielleicht auch ein uriger Weinkeller?

Was sie fand, ließ sie wieder über ihren Onkel Dietrich staunen. Soweit sie wusste, hatte er immer hier gelebt, schien aber enorm viel gereist zu sein. Sie fand ganze Kästen voller Mitbringsel, seltsam verzierte goldene Armbänder, exotische Fächer, Amulette, Tücher, Tabakpfeifen, Teebüchsen und vieles mehr. Im zweiten Raum sah sie zahlreiche Kommoden, Konsolentische, Spiegel und mehrere halbhohe Schränke, die man früher Vertiko nannte. Alles relativ gut erhalten und bestimmt zu schade, um es wegzuwerfen. Das könnte die Haushaltskasse deutlich auffüllen, dachte sie und begann die kleineren Souvenirs und die leichten Möbel in eine Ecke zu räumen.

Um das Kellerfenster auf der linken Seite herum, hatte jemand damit begonnen Regale anzubringen, die Jessica auf eine weitere Idee brachten. Wenn sie diesen Bereich gründlich putzen würde, könnte sie die bequemen Rattan-Sessel aus dem Nebenraum mit einem passenden Clubtisch zusammenstellen und fertig wäre ihr Weinkeller.

Aber hatte denn Onkel Dietrich überhaupt Weine besessen? Ganz offensichtlich ja, denn als sie den größten der stabilen Holzschränke öffnete, sah sie schon die eingebauten Regale, aber was sie dann wirklich fand, war schon eine Überraschung wert. Sie musste unwillkürlich grinsen Damit würde das was sie plante ein *Wein, Weib und Geheul-Abend* der Extraklasse werden. Als sie wieder nach oben ging, um Andrea davon zu erzählen. fand sie sie in den renovierten Zimmern.

„Ich habe noch einmal gelüftet, weil die beiden morgen einziehen. Mirko kommt auch und will mit uns sprechen. Offensichtlich weiß er etwas über die Bilder."

„Dann sollten wir den Abstellraum für die Gartengeräte endlich fertigmachen…"

„Schon erledigt", grinste Andrea. „Ich musste doch die neue Nagelpistole unbedingt ausprobieren und habe für Sylvie jede Menge Leisten mit Haken vorbereitet. Sie bringt sogar schon Pflanzen mit."

Jessica nickte zufrieden und sah sich dann im Raum um. „Die grüne Wand könnte mir auch gefallen", überlegte sie, während Andrea sie zum Nebenzimmer zog. „Aber das Blau ist schöner."

„Wo seid ihr denn?" Bei diesem Ruf eilten sie zurück ins Wohnzimmer, wo Fipps mit einer älteren Frau wartete. „Das ist meine Oma Hella", erklärte er. „Sie will mit euch sprechen."

Einen Moment lang erwartete Jessica Ärger, aber dann sah sie wie sich das Gesicht der Frau zu einem freundlichen Lächeln verzog.

„Ich wollte Ihnen nur danken. Sie scheinen etwas erreicht zu haben, was mir nicht gelungen ist. Hoffentlich bleibt das so."

„Machen Sie sich keine Sorgen, wir passen auf die beiden auf", versicherte Jessica, doch etwas erleichtert. Im Hinausgehen flüsterte Fipps ihnen noch zu: „Der Maler hatte zwei Exfrauen und auch zwei Söhne, hab' ich in der Schule recherchiert. Und er ist im Pflegeheim gestorben."

„Na Prost Mahlzeit", stöhnte Jessica. „Damit haben wir schon 4 Verdächtige, dazu vielleicht noch den Pfleger oder einen gierigen Finanzbeamten. Worauf haben wir uns nur eingelassen?" Dann ging sie in den Keller zurück, um beim Putzen den Kopf freizukriegen.

Der nächste Tag verlief etwas hektisch, so dass Jessica froh war, als alle Möbel standen und Mirko, sie und Andrea in eine ruhige Ecke bat. „Sylvie hat erzählt, dass hier auch ein Bild gestohlen wurde und ihr versucht zu ermitteln. Wie weit seid ihr?"

Jessica nahm ihre Notizzettel und ratterte die bisherigen Ergebnisse herunter. Mit Genugtuung nahm sie war, dass sich der Polizist Notizen machte. Er bestätigte das auch. „Ihr habt wirklich viel zusammengetragen und sogar eine echt gute Beschreibung, die sich mit dem deckt, was wir auch von anderen wissen. Insgesamt sind inzwischen 10 Bilder gestohlen worden."

„Reife Leistung", staunte Andrea. „Wenn er die zum jetzigen Preis verkauft sind das 150.000."

„Und wir haben keine Ahnung, wo er als nächstes zuschlägt."

„Aber vielleicht könnte man ihn anlocken und ich weiß auch schon wie." Jessica sprang auf, um den Raum zu durchqueren. „Wir machen hier am nächsten Wochenende einen Garagenverkauf. Im Keller liegen jede Menge Dinge, die man anbieten kann und dazu kommt noch das Bild eines modernen Malers."

„Das ist gut!" Auch Andrea sprang auf, um die Kopie des Bildes zu holen, die sie vergrößert hatte. „Wir rahmen das ein und machen ein Foto des Gesamtangebots, das veröffentlichen wir in der Lokalzeitung und im Internet. Das lockt ihn garantiert aus seinem Versteck."

Nachdem Mirko sein okay gegeben hatte, annoncierte Jessica gleich am nächsten Tag in der Lokalzeitung. Die flinken Finger von Fipps sorgten bereits ebenso dafür, dass die Anzeige in allen Internet-Märkten auftauchte.

„Und jetzt heißt es warten", mahnte sie gerade Andrea, die wieder an ihrer Übersicht arbeitete.

„Von wegen warten!" Sylvie erschien in ihrer Gartenmontur und winkte ihnen auffordernd zu. „Kommt mit, wir wollen Bäume pflanzen."

Als sie am Rand des Gartens, der zur Straße zeigte drei Löcher gegraben hatten, hoben sie die jungen Bäume mit Lennarts Hilfe hinein und klopften die Erde fest. „Das sind Kiri-Bäume, die bekommen, wenn sie größer sind, wunderschöne Glockenblüten und sind bienenfreundlich, aber das Beste ist, dass sie deutlich mehr CO_2 aufnehmen als andere Bäume."

„Wenn das so ist, pflanzen wir im Herbst noch einige dazu,", entschied Jessica, „weil gute Luft in der *Blauen Zone* enorm wichtig ist. Das sollten sich die Leute von der Letzten Generation hinter die Ohren schreiben und endlich selbst Bäume pflanzen."

Schon der Hinweis auf die Gruppe machte Andrea wütend. „Du meinst die Generation der letzten Gehirnzelle?"

Als die anderen lachten, setzte sie fort. „Wer sich wie ein trotziges Kleinkind auf den Boden schmeißt und fordert, dass andere das Klima retten, der kann doch nichts im Kopf haben!"

„Aber", kicherte Jessica, „sie sind der lebende Beweis dafür, dass Gehirnversagen nicht unmittelbar zum Tod führt."

Falls die beiden glaubten, damit habe sich die Gartenarbeit erledigt, dann hatten sie nicht mit Sylvies Eifer gerechnet. Ihr schwebte für den Garten noch so vieles vor, so dass Jessica irgendwann stoppte.

„Wir haben bereits eine Menge geschafft, Sylvie, und der Rest läuft uns nicht weg", erklärte sie beim gemeinsamen Abendessen. „Und deshalb gibt es heute keine weitere Gartenplanung, sondern *Wein, Weib und Geheul.*"

„Juhu", jubelte Andrea. „Das habe ich so vermisst. Früher war das die einzige Gelegenheit, mit Stil über alles und jeden zu lästern, der uns bei der Arbeit geärgert hat."

„Da bin ich doch sofort dabei." Sylvie grinste erfreut ihren Bruder an. „Lennart?"

Der hob sofort erschrocken die Hände. „Ich bin raus."

„Und wo machen wir das, hier?" Sylvie grinste erwartungsvoll.

„Aber nein." Jessica tat geheimnisvoll. „Wenn schon, dann mit Stil. Ladys, folgt mir in unsere Kellerbar, dort habe ich einige Geheimnisse entdeckt."

Als sie die beiden Lichterketten einschaltete, die sie nach dem Putzen installiert hatte, konnten die beiden mit ihren bewundernden Rufen gar nicht mehr aufhören.

„Setzt euch, die erste Überraschung habe ich hier in einem Korb. Da sind Weine die Onkel Dietrich seit Ewigkeiten gehütet hat und die ich bestimmt seit dreißig Jahren nicht mehr gesehen habe." Neugierig stürzten sich die beiden auf die Flaschen.

„Ach ich fasse es nicht, da fallen mir alle Jugendsünden ein." Sylvie hielt strahlend eine Flasche „Rosenthaler Kadarka" hoch.

„Könnt ihr euch noch an den Beinamen erinnern, den dieser Wein früher hatte?"

Jessica schüttelte ihren Kopf, bis Andrea sie grienend aufklärte.

„Und Erlauer Stierblut, das war ein guter Rotwein, den kann man heute noch trinken." Da sich Sylvie als sehr sachkundig erwies, hielt ihr Jessica eine andere Flasche hin, deren Etikett sie in dem schummrigen Licht nicht entziffern konnte. „Was ist denn das in der blauen Flasche?"

„Das kennst du nicht?" Andrea hatte schon unterschiedliche Gläser auf dem kleinen Tisch aufgereiht.

„Wenn das nicht stilvoll ist! Das ist Blue Curacao, der passt schon von der Farbe sehr gut zu uns. Früher haben wir den mit Orangensaft gemixt und als „Grüne Wiese" getrunken."

Nachdem jede von allem gekostet hatte, einigten sich die Frauen auf den herben Rotwein, der dann fleißig die Runde machte und die Zungen lockerte, bis Jessica noch ein Kästchen auf den Tisch stellte. „Ich habe noch ein Geheimnis entdeckt, das leider auch ein Geheimnis bleibt. Onkel Dietrich muss eine große Liebe gehabt haben, die aber nicht glücklich war. Hier sind zahlreiche Briefe von einer Elisabeth. Leider ist die Schrift schon so verblasst, dass man nur wenig entziffern kann."

Als Sylvie die sorgfältig gebundenen Schleifen sah, die das alte Papier zusammenhielten, seufzte sie schwer. „Das war noch echte Liebe. Die Männer heute wollen immer etwas Anderes als das, was sie gerade haben, zum Beispiel öfter eine neue Frau und genaugenomm sind heutzutage nicht nur Tierarten vom Aussterben bedroht, sondern auch Ehrlichkeit, Treue und Zusammenhalt."

„Da hast du recht. Meine Mutter hat immer gesagt, Männer wären Sucher, am liebsten suchen sie das Weite." Andrea hatte schon Mühe, ihre Zunge unter Kontrolle zu halten. „Und deshalb werde ich im nächsten Leben eine Kaffeemaschine, so ein Luxusmodel. Da wird man heiß geliebt, stolz gezeigt, aufmerksam gepflegt und auch noch jeden Tag gedrückt. Fantastisch!"

„Das ist keine schlechte Idee", auch Jessica fühlte sich beschwingt. „Aber wir sollten die Männer nicht ganz abschreiben, wenigstens den Anblick kann man doch genießen. Der gestern an unserem

Garten vorbeikam, der war ein echtes Prachtexemplar. Groß, dunkelhaarig, attraktiv, er sah aus wie die Antwort auf die Gebete einer Jungfrau, einfach fantastisch. Er hätte mir fast den Atem geraubt, wenn ich bei seinem Anblick überhaupt noch hätte atmen können."

„Gestern? Ich kann mich nicht erinnern." Sylvie schaute misstrauisch, aber Andrea lästerte schon. „Wenn Sylvie im Garten ist, hat das Grün sie fest im Griff. Sie würde nicht einmal bemerken, wenn Brad Pitt vorbeikäme."

„Stimmt", konterte die. „Ich reagiere erst bei George Clooney, das ist doch noch ein Mann!"

Auch an den nächsten Tagen wurden sie von Sylvie so oft in den Garten zitiert, dass Jessica und Andrea froh waren, als das Wochenende des Garagenverkaufs endlich begann. Der Andrang war groß und der Seminarraum mit vielen Menschen gefüllt, die in erster Linie neugierig waren. Während Andrea und Sylvie verkauften, gingen Jessica und Fipps durch den Raum um den zu finden, der im Täterprofil beschrieben wurde. Nach zwei Stunden als der erste Schwung vorüber war, wechselten sie die Positionen. Jessica hatte gerade ein Vertiko an zwei junge Leute verkauft, als sie den Mann sah. Er kam nie dicht an die Verkaufstische heran, schien aber seine grauen Augen überall zu haben. Wenn er jetzt das Bild kaufen würde, schoss es ihr durch den Kopf, könnte ihn keiner dafür belangen. Oh je! Hatte sie diese Variante überhaupt bedacht? Aber vielleicht wäre die Sache noch retten, wenn sie ihn provozier-

te? Als sie Clemens sah, der ihr zuwinkte, wusste sie wie sie vorgehen könnte. Sie flüsterte ihm schnell ihre Bitte zu und verpackte
das Bild mit stabilem Packpapier. „Leute, entscheidet euch schneller, gerade ist das tolle Bild eines modernen Malers weggegangen.
Das Angebot wird immer geringer."

Aus dem Augenwinkel sah sie, wie der Mann Clemens folgte. Sie
winkte Lennart und Mirko zu, die sich sofort die Treppe hinunter
drängelten. Fipps musste sich noch an ihnen vorbeigeschlängelt
haben, denn als Jessica zum Ausgang rannte, sah sie wie der Mann
fast am Ende der Treppe Clemens das Paket entriss und zu seinem
Auto rennen wollte. Dabei stürzte er aber über den Fuß von Fipps
und flog der Länge nach hin. Dabei verlor er das Paket mit dem
Bild, riss es aber sofort wieder an sich und wollte gerade die Auto-
tür öffnen, als Mirko ihn festnahm.

„Wir haben ihn, Leute wir haben ihn."

Die wenigen Käufer, die noch im Raum waren, wunderten sich
sicher über die drei Frauen und den Jungen, die vor Freude tanzten,
dann aber weiterarbeiteten, als sei nichts gewesen. Am Abend kamen auch die ersten Informationen von Sylvies Bruder. Nachdem
Jessica mit ihm gesprochen hatte, wandte sie sich an die anderen.

„Was glaubt ihr, wer es war? Wir hatten 4 Verdächtige aus der Familie, dazu den Pfleger und einen Finanzbeamten?"

„Also ich wäre für den Finanzbeamten", lachte Andrea. „Das würde sich gut machen, wenn wir mal unsere Memoiren schreiben."

„Oder ein rachsüchtiger Sohn?" Der Vorschlag kam von Sylvie.

„Keiner von beiden", erklärte Fipps entschieden. „Es war der Pfleger, nur der kann alle Geheimnisse gekannt haben. Alte Leute reden gern, sagt meine Oma immer und von den anderen konnte ja keiner mehr zuhören."

„Eins rauf mit Mütze", rief Jessica und war sogar ein wenig stolz auf ihn. „Du hast es genau erfasst, mein kleiner Sherlock. Und acht Bilder wurden sichergestellt, morgen können wir Frau Stiller die freudige Nachricht überbringen, sie bekommt ihr Bild zurück!"

„Hurra", jubelte Andrea. „Die blaue WG hat einen weiteren Sieg errungen, das muss ich morgen gleich der Welt verkünden."

Chaos in der Villa Kunterbunt

„Das ist der schönste Frühling, den ich je erlebt habe!" Jessica
konnte sich gar nicht satt sehen an der Farbenpracht. „Wahrscheinlich bekommt man mit einem Garten einfach mehr davon mit, was
alles in dieser Jahreszeit schon wächst und blüht."
Sylvie nickte ihr nur zu und kümmerte sich weiter um die Gemüse-
pflanzen, während sie am liebsten die Kamera genommen und alles
gefilmt hätte. Seitdem der alte Kirschbaum in voller Blüte stand,
hätte sie den ganzen Tag im Garten bleiben können. Vielleicht sollte sie sich einen Schaukelstuhl anschaffen oder eine Hängematte,
solange es so viel zu sehen und zu genießen gab. Und dann würden
noch die Apfelbäume blühen und dann vielleicht schon die Som-
merblumen…
Sie seufzte tief. Wir hätten schon viel früher aus der Großstadt
wegziehen sollen, dachte sie etwas wehmütig, aber jetzt war ja alles
perfekt und sie hätte sich das Zusammenleben nicht schöner vorstellen können, als es jetzt war. Irgendwie hatten sie als WG ihren
Rhythmus gefunden, in dem jeder Verantwortung übernahm, aber
auch genügend Freiräume hatte.
Jeden Morgen machten sie anfangs eine leichte Gymnastik, die
ihnen Lennart verordnete hatte und walkten dann einmal um den
kleinen See, der immer noch keinen Namen hatte. Zum Frühstück

erwartete sie dann schon Lennart, der genau wusste, was jede von
ihnen am liebsten aß. Anschließend arbeiteten sie häufig im Garten
oder weiter am Haus, aber nur am Vormittag. Den Nachmittag ver-
brachte jede mit Dingen, die Spaß machten. Das, was Jessica vorher am meisten befürchtet hatte, nämlich Diskussionen um das Essen und die Zubereitung, war gar nicht eingetroffen, denn Sylvie
hatte gleich zu Anfang alle mit ihrer angepassten Trennkost überzeugt. „Mit dieser Art zu essen ist mein Tagesablauf völlig unkom-
pliziert, sie bekommt mir und meinem Bauch hervorragend und sie
stimmt auch mit den Geheimnissen der *Blauen Zonen* überein."
Andrea hatte schon ein Blatt in der Hand, um Notizen zu machen.
„Das klingt gut, aber ich brauche praktische Hinweise. Was isst du
zum Frühstück?"
Sylvie grinste. „Kein Brot, keine Brötchen und ein Ei nur als Aus-
nahme, sondern ein Müsli mit Joghurt oder Quark und Nüssen,
Trockenfrüchten oder Heidelbeeren."
„Das esse ich auch", mischte sich Jessica ein. „Also muss ich
nichts ändern. Und mittags?"
„Da halte ich es wie die Engländer. Mittags esse ich kalt, meist
frisches Gemüse und Brot mit leckerem Aufstrich. Das hat den
Vorteil, dass man unabhängig ist. Wer will, bereitet sich sein Brot
vor und nimmt es mit in den Garten oder auf eine Wanderung."
„Damit hätten wir zwei Mahlzeiten, an denen wir zusammen sind
und uns austauschen können, das finde ich gut. Wollen wir uns für

die Vorbereitung des Abendessens abwechseln?"

„Es wäre besser, wenn ich mit meinen Rezepten beginnen würde, denn abends gibt es dann warmes Essen und auch etwas Fleisch und Fisch zum Gemüse." Sylvie sah zu Jessica, die bereits nickte.

„Für den Lunch am Mittag steigt natürlich der Stellenwert des Brotes, es sollte wirklich gut sein, mit vielen Kernen und Samen. Würdest du das Backen übernehmen?"

„Super! Dann gibt es sonntags auch einen Kuchen. Die von Jessica sind die besten und sie passen auch in die *Blaue Zone.* "

Andrea hatte ihre Notizen auf ein kleines Poster übertragen und seither hing es in der Küche und wurde ohne Probleme eingehalten. Jeden Morgen und jeden Abend saß dann die Runde zusammen und erzählte von den Eindrücken des Tages oder was für den nächsten vorzubereiten sei.

Neue Fälle waren nicht aufgetaucht und sie konzentrierten sich eher darauf, das gemeinsame Haus und seine Umgebung noch besser ihren Wünschen anzupassen. Jessica und Sylvie hatten eines der großen Regale, die noch im Keller-Lager standen, weiß gestrichen und in die Küche gebracht. Dort prangten jetzt ihre Krüge aus blauer Bürgel-Keramik, ergänzt von Bechern und Schüsseln, die Sylvie mitgebracht hatte. Lennart schwärmte noch von einer Terrasse, die von der Küche direkt in den Garten reichen sollte, mit einer Outdoor-Küche für den Sommer und einer Feuerstelle für den Herbst. Jessica war zwar sofort Feuer und Flamme, hatte aber nicht die notwendige Baugenehmigung bedacht und die dauerte.

Bis dahin erkundeten sie das Städtchen, das wirklich über viel mehr verfügte, als nur gute Luft. Dabei hatte Jessica sogar einen sehr guten Bekannten von früher getroffen, Julian der vorher gemeinsam mit ihr und Andrea in der Klinik gearbeitet hatte. Jetzt war er in ein fast geheimes medizinisches Forschungslabor gewechselt, das sich ausgerechnet in diesem kleinen Städtchen niedergelassen hatte. Während sie mit Sylvie im Garten arbeitete, schmunzelte sie immer noch belustigt. Sicher hatten die Klatschtanten neuen Stoff erhalten, als Julian und sie sich im Laden „Evas Paradies" erfreut in die Arme gefallen waren.

Andrea, die am eifrigsten unterwegs war und immer Neues entdeckte, kam gerade mit leuchtenden Augen zurück, als Jessica und Sylvie ihre Gartengeräte verstauten.

„Ihr könnt euch nicht vorstellen, wo ich heute war. Ich gebe euch einen Tipp." Dann sang sie eine Melodie an, bei der sich die beiden Frauen ratlos ansahen. „Du warst bei Pippi Langstrumpf? Wird das im Theater gespielt?" Jessicas Gesichtsausdruck war ein einziges Fragezeichen.

„Nein, natürlich nicht, da hätte ich euch doch mitgenommen. Ich war in der „Villa Kunterbunt", das ist ein Haus, in dem gefärbt, genäht, gestrickt, gestickt und gehäkelt wird und bestimmt noch viel mehr. Kommt mit rein, ich habe Flyer und Garnproben mitgebracht, falls Jessica irgendwann wieder stricken will."

In der Küche breitete sie ihre Errungenschaften auf dem großen
Esstisch aus und Jessica war sofort begeistert. Wer würde sich
nicht für diese feingesponnene zarte pinkfarbene Wolle begeistern,
aus denen sich kuschlige Sachen für den Winter zaubern ließen,
vielleicht auch für Fipps oder Pippa zu Weihnachten? „Die Qualität
ist toll, haben sie dort auch noch andere Farben?"

„Ganz bestimmt, sie färben mit Pflanzenfarben. Wenn es dich interessiert können wir ja gleich morgen hingehen."

Jessica sah hoch und musterte ihre Freundin aufmerksam. „Und
was gibt es dort sonst noch? Du verschweigst mir doch etwas?"

Andrea setzte sich etwas enttäuscht. „Ich dachte, ich hätte das gut
eingefädelt, aber du kriegst es immer mit. Malika, ihr gehört die
„Villa Kunterbunt," hat ziemliche Probleme. Irgendwer bringt ihre
Bestellungen, Verabredungen oder auch geschäftliche Vereinba-
rungen durcheinander, sagt zu Beispiel ganz kurzfristig Kursteil-
nehmerinnen ab, während sie in der Villa auf sie wartet und die
gefrusteten Frauen dann zur Konkurrenz gehen."

„Das hört sich nach einem einfachen Fall an", vermutete Sylvie
sofort. „Cui bono, wem nützt es? Da sollte man die Verursacherin
suchen."

„Ganz so einfach ist es nicht", widersprach Jessica. „Bevor wir
unser Ermittlungs-Schema einsetzen können, brauchen wir mehr
Informationen. Geht es nur um Termine oder sogar um eine gestohlene Identität?"

„Das weiß ich nicht so genau, aber wir können ja alle hingehen, viele Ohren hören mehr. Und der Laden ist sowieso eine Wucht! Sie muss beim Färben zaubern, denn solch leuchtende Farben habt ihr noch nie gesehen."

Am nächsten Morgen machten sich alle drei neugierig auf den Weg zur „Villa Kunterbunt", deren Name wirklich leicht nachzuvollziehen war, sobald man sie erblickte. Jessica hatte noch nie ein Haus gesehen, das einem Puppenhaus so sehr glich, wie dieses. Unter einem rot glänzenden Dach gab es weiße Wände, die aber nur den Hintergrund für bunt bemalte Fensterläden bildeten, auf denen Blumen aller Art leuchteten. Die Haustür war grasgrün und an ihrer Unterseite zogen große und kleine Fliegenpilze die Aufmerksamkeit auf sich. Vor dem Haus stand eine knallrote Bank, auf der tatsächlich eine Pippi-Langstrumpf-Figur mit den typischen roten Zöpfen saß.

„Wie aus einem Märchenbuch!" Auch die praktische Sylvie war begeistert. „Ich komme mir vor wie ein Kind zu Weihnachten! Wer hätte gedacht, dass es hier solch ein Schmuckstück gibt."

„Innen wird es euch noch mehr überraschen", versprach Andrea und öffnete die Tür mit Schwung. Jessica hätte beinahe mit offenem Mund gestaunt, besann sich aber bei Andreas triumphierenden Blicken. So muss das Paradies für Leute aussehen, die gerne stricken, dachte sie nur und konnte sich nicht sattsehen an dem Regal, das eine Längswand bedeckte und gefüllt war mit Wolle in den fantastischsten Farben, die sie je gesehen hatte. Ein Seitenblick bestätigte ihr, dass es Sylvie ähnlich ging, die wie gebannt auf die Patchwork-Muster in Blaudruck starrte. „Geht schon mal vor", flüsterte sie. „Ich brauche hier wahrscheinlich mehrere Tage, um alles zu erfassen."

Andrea lachte nur und schnipste mit den Fingern an eine kleine Glocke, die die beiden garantiert nicht gesehen hatten. Aus dem Hintergrund eilte eine junge Frau zu ihnen, die genauso breit lächelte und genauso rote Haare hatte, wie Pippi Langstrumpf, allerding nicht in Zöpfe geflochten, sondern als etwas verrutschter Dutt am Hinterkopf. „Ich bin Malika, kann ich helfen? Ach Andrea, du bringst mir die klugen Frauen, die mich retten können. Das ist lieb von dir. Kommt bitte mit in meinen Seminarraum. Möchte jemand Jasmin-Tee?"

Mit flinken Fingern deckte sie den großen runden Tisch ein und nachdem alle Platz genommen hatten, schien sie doch etwas unsicher zu werden und sah von einer zur anderen. „Natürlich habe ich von Evas „Paradies" gehört und von dem gestohlenen Bild, ich finde wirklich toll, was ihr macht, aber ob es in meinem Fall überhaupt eine Hilfe gibt, steht wahrscheinlich in den Sternen."

„Wenn ich beim du bleiben darf", begann Jessica, „dann erkläre uns am besten, was genau das Problem ist."

„Das ist einfach gesagt", seufzte Malika und strich sich eine verirrte Haarsträhne hinter das Ohr. „Chaos in der „Villa Kunterbunt" und das seit fast drei Monaten. Irgendjemand bringt meine Termine durcheinander, storniert meine Bestellungen oder bestellt völlig unsinnige Dinge, die ich mühselig zurückschicken muss. Aber das Schlimmste ist, dass sich meine Kundinnen enttäuscht oder auch veralbert fühlen. Klar dass sie dann woanders hingehen. Und vielleicht ist meine Konkurrenz ja auch besser."

Das klang für Jessica schon sehr mutlos. „Vermutlich ist das nicht nur ein größerer Arbeitsaufwand, es gibt sicher auch einen finanziellen Schaden?"

Nach ihrer Vermutung nickte die junge Frau heftig. „Noch habe ich keine Probleme, weil ich keine Miete zahlen muss, das Haus habe ich von meiner Oma geerbt. Aber lange stehe ich das nicht mehr durch. Bei der Polizei war ich schon, die haben nur den Kopf geschüttelt. Für Identitätsdiebstahl seien sie nicht zuständig und ich solle nicht so leichtfertig mit persönlichen Daten sein, aber das geht doch nicht, ich muss doch auch Werbung machen."

„Wen siehst du denn als Konkurrenz?", fragte jetzt Sylvie. „Es gibt doch bestimmt keine zweite Villa wie diese oder doch?"

„Nein, natürlich nicht. Vor drei Monaten hat meine Mitarbeiterin gekündigt, sie wollte einen anderen Job, in dem sie eine bessere Work-Life-Balance hätte, also freie Wochenenden und keine Abendschichten. Ich konnte das auch irgendwie nachvollziehen, Tabea ist erst 21 und in dem Alter braucht man ja auch Zeit zum Verlieben, deshalb ließ ich sie ohne Probleme gehen. Ich habe ihr auch noch von Herzen alles Gute gewünscht, bis ich mitbekommen habe, dass sie sich an meiner Kundendatei bedient und einen Raum gemietet hat, den sie „Colors of Beauty" genannt hat. Und dort macht sie im Prinzip das Gleiche wie ich, nur nicht so umfangreich."

„Du hattest keine Konkurrenzsperre vereinbart? Das ist in kreativen Bereichen eigentlich üblich."

Malika sah Andrea bei dieser Frage überrascht an. „Das kann man machen? Das wusste ich nicht, aber das notiere ich gleich, für die nächste, falls wir das Chaos gemeinsam in den Griff bekommen."

„Dass sie dir jetzt Konkurrenz macht liegt nahe, da sie ja deine Arbeit kennt", begann Jessica, „aber hältst du sie auch für fähig, das Chaos zu verursachen? Hatte sie so viel Einblick in den geschäftlichen Teil?"

Eigentlich nicht." Malika wurde nachdenklich. „Sie war genaugenommen nur ein liebes Mädchen mit geschickten Händen, das wunderschöne Sachen zaubern konnte, die Patchwork-Teile aus der Vitrine hat sie gemacht."

„Die sind wirklich toll", strahlte Sylvie. „Darauf komme ich bestimmt noch einmal zurück."

„Und am Computer? Du machst doch sicher vieles online?" Jessica hatte schon den kleinen Laptop entdeckt und bedauert, dass Fipps nicht dabei sein konnte.

„Ja, natürlich, heute geht doch kaum noch etwas auf andere Art.

Ich traue ihr eigentlich nicht zu, dass sie an meinen Laptop geht, er ist passwortgeschützt, aber am Handy sind heute doch alle Jugendlichen firm."

„Gehen wir doch mal die letzte Woche durch, was ist da alles passiert? Was lief digital, was lief über das Telefon?"

Malika schob ihren großen Kalender schräg über den Tisch, damit die Frauen hineinsehen konnten. „Am Montag hat jemand meine Bestellung für die superfeine Mohairwolle storniert und zwar über mein Konto bei dieser Firma. Das ist nur möglich, wenn sich jemand einhackt. Am Mittwoch fehlten 5 Teilnehmerinnen eines Seminars zum Färben, weil ihnen jemand telefonisch mitgeteilt hat, dass das Färben ausfallen würde."

„Konnte jemand etwas zur Stimme am Telefon sagen? War sie männlich oder weiblich?"

Malika schaute Andrea bei dieser Frage erstaunt an. „Ihr seid wirklich gut, so was wäre mir gar nicht eingefallen. Und deshalb weiß ich das auch nicht."

„Dann brauchen wir die Namen von den Teilnehmerinnen, die angerufen wurden. Ich denke dann wissen wir mehr."

Andrea sah noch fragend zu Jessica, aber Malika setzte schon fort. „Am Freitag kam eine Lieferung mit 200 Teegläsern und 3 kg Kamillentee, die niemand bestellt hat, denn ich hasse Kamillentee. Zum Glück hat die Firma das Ganze wieder zurückgenommen. Aber wenn das so weitergeht, stehe ich vor dem Aus."

„Das werden wir verhindern." Nach Jessicas abschließender Bemerkung standen die Frauen auf, als sie noch eine Idee hatte. „Wo bewahrst du denn deine Geschäftsunterlagen auf?"

Malika zeigte auf den kleinen Schreibtisch unter der Glocke. „Dort in den Kästen, aber die sind leider nicht abzuschließen. Ich weiß, ich muss wirklich vorsichtiger werden."

Jessica drehte sich noch einmal um, als sie die schmale Treppe nach oben wahrnahm. „Wohnst du auch hier?"

„Ja", lachte Malika. „Und sogar noch in meinem alten Kinderzimmer, aber das habe ich umbauen lassen."

„Kann man von oben hören, ob hier jemand im Haus ist?"

„Mit Sicherheit nicht, außerdem schlafe ich so fest wie ein Igel im Winter, weil ich mich hier ziemlich sicher fühle, seitdem das Institut nebenan ist, die haben jede Menge Sicherheitsleute."

Vor der grünen Haustür sah sich Jessica noch einmal gründlich um, obwohl die anderen schon drängelten. „Da ist das Forschungslabor, wo unser Julian seit kurzem arbeitet", erklärte sie Andrea, die überrascht reagierte. „Und er hat sich nicht sofort bei uns gemeldet? Wahrscheinlich ist das alles streng geheim."

Zurück im Haus machte sich jede ihre Lunch-Box zurecht und danach zog sich Andrea in ihren Sportpalast zurück, Sylvie in den Garten und Jessica in ihren Lesesessel.

Erst am Nachmittag tauche Andrea mit ihrem Ermittlungsschema VAMOS wieder auf. „Jetzt sind wir wieder fit und können weitermachen. Ich würde Malika wirklich gerne helfen, weil sie so ein lieber Mensch ist und eine tolle Geschäftsidee hatte, aber leider auch ein wenig naiv ist."

„Da hast du recht, aber dass sie jetzt Konkurrenz hat wird ihr helfen, nicht mehr so vertrauensselig zu sein." Sylvie klang ziemlich erbost. „Meine erste Suppenküche ging auch pleite, weil ich meinem Mitarbeiter zu sehr vertraut habe und was noch schlimmer war, ich habe ihn sogar geheiratet. Und das Ergebnis war eine Pleite auf der ganzen Linie."

„Das bringt mich auf eine Idee. Habt ihr bemerkt, dass Malika zwei Ringe an einer Kette trägt, also entweder sind ihre Eltern schon verstorben oder sie war auch verheiratet oder verlobt."

„Also eigentlich war ich immer der Meinung mir entgeht nichts, aber das habe ich nicht gesehen", murrte Andrea und schaute dann Jessica bewundernd an. „Du hast vielleicht scharfe Augen und das könnte den Kreis der Verdächtigen erweitern, wenn es einen Ex von ihr gibt. Aber gehen wir der Reihe nach:

„V – Vorteil oder wem nützt es?"

„Ich finde immer noch, dass diese Tabea den größten Nutzen hätte, aber so wie sie beschrieben wurde, halte ich sie nicht für clever genug", begann Sylvie. „Oder sie hatte Hilfe."

Andrea setzte ein Fragezeichen auf ihre Notiz, während Jessica die anderen erinnerte. „Wir brauchen schnellstens die Auskünfte der Frauen, denen abgesagt wurde. Am besten teilen wir uns auf. Außerdem sollten wir erst mit dieser Tabea sprechen, bevor wir einschätzen können, ob ihre Aussage stimmig ist."

„M – Motiv -Hier ist es ähnlich, weil wir noch zu wenig wissen. Es könnte Konkurrenz dahinterstecken, aber auch ein abgewiesener Ex, der sich rächen will. Das alles ist so unübersichtlich, nirgendwo ein Fakt, den man festmachen kann oder der weiterführt." Andrea stöhnte und fuhr sich aufgebracht durch die Haare. „Im Krimi liest sich das immer so logisch, aber hier ist wirklich das totale Chaos."

„Wir sollten hier abbrechen und erst weitermachen, wenn wir mehr Informationen haben", entschied Jessica. „Denn das gleiche trifft für die nächsten Punkte zu. Wir wissen nicht, wer die beste Gelegenheit für den Zugriff auf ihre Daten hatte, weil wir auch nicht wissen, wer sich von außen in ihr System eingehackt hat."

„Aber so etwas lässt sich überprüfen." Grinsend stand Fipps in der Tür und ließ seinen Schul-Tornister fallen. „Ich höre euch schon die ganze Zeit zu, wieso habt ihr denn nicht auf ihrem Laptop nachgesehen?"

„Du kannst so etwas?" Sylvie betrachtete ihn verblüfft, auch noch als Jessica und Andrea lächelnd seine Qualitäten bestätigten. „Ich glaube ich bin viel zu früh geboren, so etwas hätte ich auch gerne gekonnt", seufzte sie dann."

„Gut, dass du kommst", nahm Jessica den Jungen in Beschlag. „Hast du noch etwas für die Schule zu machen? Wenn nicht, würde ich dich gleich mit zur „Villa Kunterbunt" nehmen, die wird dir

bestimmt gefallen. In der Zeit könntet ihr euch die Frauen vorneh-
men, vermutlich genügen auch zwei, die etwas zum Anruf sagen
können. Und vielleicht erfahrt ihr auch etwas über das Klima dort,
als Tabea noch da war oder über den Ex. Sammelt einfach ein wenig Klatsch und Tratsch."

„Wird gemacht", rief Andrea fröhlich. „Und wie schon Miss Marple sagte, in 9 von 10 Fällen stimmen Klatsch und Tratsch wirklich.
Wir sehen uns zum Abendbrot."

Wie erwartet war Fipps von der „Villa Kunterbunt" schwer begeistert. „Das Haus ist echt cool. Vielleicht geht ja meine Mom mal mit
Pippa dorthin, jetzt geht es ihr wieder richtig gut und sie ist nicht
mehr so ungeduldig."

„Das freut mich, aber jetzt lass dich überraschen wie es innen aussieht. Aber halte dich zurück, denn es ist eher für Mädchen."

Er grinste nur, bekam aber dennoch große Augen, sicher schon der
Farben wegen. Vielleicht auch weil ihn Jessica als Spezialisten
ankündigte. „Wenn du erlaubst möchte ich gerne, dass sich Fipps
deinen Laptop ansieht. Wir müssen wissen, wie sich jemand einhacken konnte."

Malika, die ziemlich niedergeschlagen im hinteren Teil des Ladens
saß und an einem feinen hellblauen Gespinst arbeitet, nickte bereitwillig und legt ihren Laptop auf den kleinen Schreibtisch. Während Fipps mit seinen Fingern sofort wieder geschwind über die
Tasten huschte, bewunderte Jessica das zarte Teil, das Malika auf

dem Schoß hatte. „Das sieht nach Baby aus. Für dich?"

„Nein, für meine Schwester, sie erwartet einen Jungen. Ich hätte auch nichts dagegen gehabt, aber es hat nicht geklappt." Sie fuhr sich kurz über die Augen. Jessica zog ihren Stuhl näher. „Wenn es noch so schmerzt, hast du dich erst vor kurzem getrennt, oder?"

„Ja, eigentlich sollte das mein Jahr werden, aber im Januar habe auch ich endlich bemerkt, dass er mich betrügt. Dann habe ich ihn rausgeworfen."

„Das tut jetzt zwar sehr weh, aber du hast etwas Besseres verdient."

„Danke, aber…", begann Malika gerade, als sich Fipps mit großer Geste umdrehte. „Alles erledigt!"

„Und konntest du feststellen woher es kam?" Jessica und Malika waren beide aufgesprungen, um ihm über die Schultern zu sehen.

„Wenn ich nicht schon gehört hätte, was passiert ist", wandte er sich an Malika, „hätte ich angenommen du willst uns veralbern."

„Was, wieso?" Sie stotterte fast und sah ihn total überrascht an. Aber Fipps grinste nur. „Das liegt nahe, weil alle Manipulationen von hier aus, von diesem Laptop gemacht wurden. Es gibt keinerlei Spuren die auf einen Hacker verweisen."

„Aber wie ist das denn möglich?" Malika war entsetzt auf ihren Stuhl gesunken. „Ihr denkt doch nicht wirklich, dass ich das war?"

„Natürlich nicht", versicherte Jessica sofort. „Aber jemand will uns das glauben machen, dass du letztlich dein Geschäft selbst kaputt machst. Entweder bricht jemand ein oder jemand hat noch Schlüssel oder Kopien. Wann sind denn die Schlösser das letzte Mal gewechselt worden?"

„Für den Laden im letzten Jahr, das hat die Versicherung verlangt. Aber für den privaten Eingang hinten wahrscheinlich noch nie."

„Dann würde ich das schnellstens machen lassen. Und schau nicht so mutlos, du siehst, wir kommen vorwärts."

Malika nickte schon etwas hoffnungsvoller. „Ich hätte noch eine Bitte, Fipps. Ich habe für diese Woche noch zwei offene Bestellungen. Wenn ich dir die Daten gebe, kannst du dann nachsehen, ob damit alles in Ordnung ist?"

„Klaro, kein Problem."

Jessica sah ihm über die Schulter. Nach kurzer Zeit rief sie. „Hast du wirklich 3.000 kg gelbe Wolle bestellt? Ich liebe zwar gelb, aber ist das nicht ein bisschen viel?"

„Oh Himmel!" Malika wühlte in ihren Notizen. „Hier steht 3 kg, in 25g Packungen. Das liefern die doch jetzt nicht?"

„Jetzt nicht mehr, ich habe es korrigiert."

„Die zweite Bestellung scheint in Ordnung zu sein, 4kg schwarze Wolle mit Goldfaden. Ist das korrekt?"

Malika nickte. „Vielen Dank, jetzt kann ich wieder ein wenig aufatmen. Junge, du bist wirklich unbezahlbar. Hier gibt es wahrscheinlich wenig, mit dem ich dir eine Freude machen könnte."

„Aber für Pippa, das ist meine Schwester, sie wird morgen sieben."

„Dann such dir aus, was ihr gefallen könnte."

Fipps brauchte nicht lange, er nahm eine der vielen gehäkelten Puppen aus einem Korb, die alle wie Pippi Langstrumpf aussahen. „Das hast du gut ausgesucht", bestätigte Jessica auf dem Heimweg. „Und heute hast du wirklich etwas Tolles geleistet und wenn es deine Arbeit für die Schule nicht stört, dann sollten wir dich als Vollmitglied in unser Krimi-Team aufnehmen. Natürlich nur, wenn du willst."

„Klaro, kann ich machen. Habt ihr auch ein Abzeichen oder eine Dienstmarke?"

„Bisher nicht, aber ich lasse mir etwas einfallen. So und jetzt hoffe ich, dass es ein fantastisches Abendessen gibt, isst du mit uns?"

„Nein, wir kochen heute mit unserer Mom und ich muss die Puppe noch verstecken. Bis morgen!"

Damit war er verschwunden. Andrea und Sylvie waren noch in der Küche beschäftigt, aber schon sehr neugierig darauf zu erfahren, was Jessica erreicht hatte. Mit Rücksicht auf Lennart wurden jedoch alle Dispute zum Fall auf die Zeit nach dem Essen verschoben. Aber danach, Andrea hatte für alle drei einen wunderbaren Cappuccino gezaubert, der das Gehirn anregen sollte, begann Sylvie als erste. „Die Frau mit der ich gesprochen habe, war anfangs ziemlich abweisend. Zum Glück war sie im Vorgarten und ich sah, dass sie jede Menge Hirtentäschel hat. Ich hatte so etwas auch mal, habe ihn aber wegbekommen und als ich ihr mein Rezept verraten habe, hat sie beim Erzählen dann kaum ein Ende gefunden. Also der Anruf kam von einer Frau, aber es war nicht Tabea, sondern die Stimme klang älter. Sie sagt auch, dass die beiden wunderbar zusammengearbeitet hätten, bis dieser Marc Aurel kam. Er scheint mit beiden geflirtet und eine Menge Unfrieden gestiftet und sich auch ins Geschäft eingemischt zu haben."

„So ähnlich hat das die Frau mit der ich gesprochen habe auch eingeschätzt. Malika hat ihn zwar deswegen rausgeworfen, aber sie glauben, dass sie durch den Liebeskummer überfordert sei und das Chaos selbst verursacht."

„Ich glaube, dass es ganz anders war. Als wir heute da waren, hat Fipps festgestellt, dass die Manipulationen nicht von außen, sondern direkt von ihrem Laptop kamen. Das bedeutet, der Täter oder die Täterin hat Schlüssel und kann nachts ungehindert ins Haus. In meinen Augen sind beide verdächtig, diese Tabea genauso wie auch der Ex. Beide hatten Schlüssel und könnten Duplikate haben und beide könnten auch genügend Einblick in die Geschäftsunterlagen haben, denn damit geht Malika leider sehr sorglos um."

„Aber ist denn ihr Laptop nicht passwortgeschützt?" Andrea schüttelte immer noch ihren Kopf über diese Leichtfertigkeit.

„Natürlich, aber sowas kann geknackt werden, wenn man diejenige gut kennt oder das Passwort unter dem Laptop liegt."

„Ich glaube, diese Vertrauensseligkeit ist auch dem Umfeld geschuldet", überlegte Sylvie. „Wir kennen Kriminalität von früher, aber hier verschließt doch kaum jemand die Haustür."

„Und genau das nutzen fiese Typen aus. Bei Malika läuft offensichtlich ein *Gaslighting*.“

„Moment“, rief Andrea. „Gaslicht! Den Film habe ich gesehen. Ein Mann hat eine Diva umgebracht, weil er an ihre Juwelen kommen wollte und noch Jahre später sucht er auf dem Dachboden danach.“

„Genau“, setzte Jessica fort. „Seine Frau hat die Geräusche von oben gehört und auch bemerkt, dass das Gaslicht flackerte. Aber er hat ihr eingeredet, sie sei krank und würde sich das alles nur einbilden.“

„Jetzt verstehe ich worum es geht.“ Sylvie war ganz erschüttert. „Da will jemand diese nette junge Frau fertigmachen und ihr einreden, sie sei selbst schuld am Verlust ihres Geschäftes. Aber ist das nicht eine typisch männliche Marotte?“

Jessica nickte. „Das würde für den Ex sprechen, aber noch wissen wir nicht, ob da nicht zwei gemeinsame Sache machen. Wir sollten uns morgen unbedingt ein Bild von dieser Tabea machen.“

„Aber auf mich müsst ihr verzichten.“ Sylvie schien es nicht so viel auszumachen. „Mein Garten braucht mich dringender und ihr schafft das gut alleine.“

Also machten sich Jessica und Andrea am nächsten Tag auf den Weg zum Standort von „Colors of Beauty“. Offensichtlich gab es an diesem Vormittag keine Kurse, denn die schmale junge Frau, die Tabea sein musste, saß an einer Nähmaschine und nähte an einer Patchwork-Decke, deren Einzelteile um sie herumlagen. Als sie die

Frauen bemerkte, erhob sie sich und kam lächelnd auf sie zu.

„Kann ich Ihnen helfen? Möchten Sie sich über das Angebot informieren?"

„Das vielleicht auch." Jessica lächelte, weil Tabea wirklich den hilflosen Eindruck machte, den Malika beschrieben hatte. Sie sah höchstens aus wie 16 und hatte ein blasses Gesicht mit leuchtenden blauen Augen, die Mühe hatten ihr Gegenüber anzusehen.

„Ich würde Ihnen auch gerne einige Fragen stellen, denn sie haben sicher von dem Durcheinander gehört, das jemand in der Villa Kunterbunt angerichtet hat?"

Tabea sah sie erschrocken an. „Nein, ich dachte, dass Malika vielleicht krank wäre."

„Und das ist sie bestimmt auch, wenn sie ihre Bestellungen nicht kontrolliert und zu viel Wolle anfordert." Mit dieser Bemerkung trat ein außerordentlich gutaussehender Mann in den Raum und legte den Arm um Tabeas Schultern. Er hatte wunderschöne grüne Augen, die einen aufregenden Kontrast zu seinen fast schwarzen Haaren bildeten, aber sie strahlten eine Kälte aus, die Jessica fast körperlich spürte. „Es ist bedauerlich was dort passiert, aber es hat nichts mit uns zu tun. Wenn Malika sich zu viel Kamillentee liefern lässt, ist das ihr Problem. Und jetzt darf ich Sie bitten zu gehen."

Während der Mann sie fast in Richtung Ausgang scheuchte, stand Tabea mit hängenden Armen und gesenktem Kopf daneben und schwieg. Sie waren kaum 20 Meter vom Haus entfernt, als sich

Jessica und Andrea ansahen und gleichzeitig herausplatzten.

„Er war's!"

„Niemand hat irgendetwas über Kamillentee gesagt, woher sollte er es wissen, wenn er es nicht selbst war."

Jessica war sich schon ganz sicher und Andrea ergänzte. „Und er wusste auch, dass größere Mengen Wolle bestellt wurden, obwohl wir nicht darüber gesprochen haben. Jetzt haben wir ihn. Und jetzt stimmt mein VAMOS –Schema wieder, denn in diesem Fall muss es angepasst werden. Dein Hinweis auf den Film hat mich darauf gebracht. Ich habe vor kurzen die Serie „Irrational" gesehen, in der ein Psychologieprofessor bei der Aufklärung hilft. Und er sagt: Nicht immer geht es um Cui bono – wem nützt es? Denn dann müssten wir Tabea verdächtigen. Manchmal muss man auch fragen: Qui nocet – wem schadet es? Und damit ist klar, der Ex will ihr aus Rache den größten Schaden zufügen."

„Seit wann sprichst du Latein?" Jessica sah sie erstaunt an.

„Ich hatte irgendwann in der Schule das kleine Latinum, aber ich spreche nicht Latein, sondern habe nur noch einige kümmerliche Reste zum Angeben."

„Die aber jetzt ziemlich nützlich waren. Um Tabea ist es wirklich schade. Sie ist die nächste, die der Mann manipuliert."

„Aber dahinter muss sie selbst kommen." Andrea nickte energisch.

„Mit Männern ist es wie mit Schuhen. Tun sie dir weh, passen sie nicht! Und auch schöne Männer können miese Schweine sein!"

Am Nachmittag tauschten sie sich mit Sylvie aus, die stolz die ersten Radieschen aus dem kleinen Gewächshaus präsentierte.

„Wir wissen, wie er das gemacht hat, wir wissen auch weshalb, aber wir können es nicht beweisen. Malika kann sich etwas besser absichern, wenn sie die Schlösser austauscht, aber ich bin sicher, dieser Mann macht weiter." Jessica klang etwas mutlos.

„Obwohl er uns heute gezeigt hat, dass er keinesfalls besonders clever ist, schließlich hat er sich zweimal verraten, aber er kommt mir auch vor wie jemand, der nicht von seiner Beute ablässt. Also wird er nicht ruhen, bis sie schließen muss." Auch Andrea stützte den Kopf in die Hände. „Wir brauchen die Polizei, die ihn festnehmen kann, aber dafür haben wir keine Beweise."

In dem Moment klingelte es stürmisch. „Da hat es aber jemand eilig." Andrea beeilte sich zur Tür zu kommen und kam mit einer zitternden und verheulten Tabea zurück, die eine Reisetasche trug. Jessica bat sie an den Tisch und Andrea kümmerte sich um einen Tee. Unter Schluchzen begann das Mädchen dann nach einigen Minuten zu erzählen. „Ich habe von den Schwierigkeiten bei Malika nichts gewusst, das müssen Sie mir glauben, aber ich bin wahrscheinlich schuld daran, weil ich so eine Idiotin war. Ich habe geglaubt, dass Marc mich wirklich liebt und Malika mich nur ausbeutet. Er hat den Raum gemietet und mich gedrängt, viel höhere Preise zu nehmen. Als das keine der Frauen bezahlen wollte, meinte er Malika wäre eine schädliche Konkurrenz und er würde sich etwas einfallen lassen. Aber dass er so einen Schaden anrichtet, das hat er mir erst jetzt gesagt. Und wenn ich ihn verrate, bringt er mich um! Jetzt ist er zu einem Bekannten, ich befürchte, dass sie noch irgendeinen Anschlag vorhaben, aber ich will damit nichts zu tun haben. Deswegen habe ich schnell ein paar Sachen gepackt und fahre zu meiner Großmutter, die Adresse kennt er nicht. Aber ich wollte Ihnen vorher Bescheid sagen, vielleicht können sie Malika helfen. Sie war wirklich eine gute Chefin und ich ein dummes Huhn."

Sie ließ sich danach auch nicht aufhalten, sondern rief nur. „Ich muss den Bus erreichen."

„Was machen wir jetzt? Die einzige Zeugin, die wir hatten verschwindet und wir haben immer noch keine Beweise." Jessica sah dass die anderen genauso ratlos waren wie sie.

„Im Krimi müssten die Polizisten jetzt observieren oder bringen Kameras an", begann Andrea gerade, als Jessica hochsprang.

„Ich habe eine Idee, wir treffen uns in einer Stunde bei Malika." Dann nahm sie zum ersten Mal eines der Fahrräder, die Sylvie mitgebracht hatte und fuhr in Richtung „Villa Kunterbunt".

Als Andrea und Sylvie zu Malika kamen, um sie über alles zu informieren, verabschiedete die gerade den Schlosser. „Alles ausgetauscht und supersicher gemacht. Jetzt brauche ich nur nochmal euren kleine Spezialisten, um sicher zu gehen, dass mein Computer nicht verwanzt oder voller Viren ist."

„Du wirst noch ein wenig mehr tun müssen", begann Andrea schonend. „Du musst den Verursacher anzeigen, es war Marc Aurel."

„Nein! Das kann doch nicht sein!" Malika sank deutlich blasser auf ihren Stuhl zurück. „Das glaube ich nie und nimmer, wir haben uns doch mal geliebt!"

„Du wirst es glauben müssen", rief Jessica, die gerade den Laden betrat. „Denn ich kann es beweisen." Sie legte drei großformatige Fotos auf den Schreibtisch. „Die stammen aus der Überwachungskamera des Forschungslabors gegenüber. Wenn du unten auf das Datum und die Uhrzeit schaust, gibt es keine Zweifel mehr, dass er wirklich nachts in dein Haus eingebrochen ist und dich fertigmachen will. Tabea hat es uns heute bestätigt, obwohl er gedroht hat sie umzubringen, wenn sie ihn verrät."

„Oh Gott, was mach' ich denn jetzt?" Malika liefen die Tränen über das Gesicht, während sie die Frauen hilfesuchend ansah.

„Da kann ich dir weiterhelfen." Als Sylvie vom Patchwork-Regal kam, von wo sie leise telefoniert hatte, hielt sie ihr Handy noch in der Hand. „Ich habe hier jemanden der sich mit Stalking gut auskennt und dich korrekt beraten kann, was du machen solltest. Polizeiobermeister Mirko Keller, er ist mein Bruder, ihm kannst du vertrauen."

Dann trat sie zurück und grinste die anderen an. Jessica und Andrea zeigten ihr beide den erhobenen Daumen und berieten sich flüsternd, was noch notwendig wäre.

„Ich habe Mirko von dem geplanten Anschlag erzählt. Ich hoffe, dass er gleich eine Festnahme veranlassen kann."

Die Beratung schien Wunder zu wirken und machte aus einer weinenden Malika wieder eine entschlossene junge Frau, die ohne weitere Verzögerungen die Polizei anrief und Anzeige erstattete. Zufrieden wollten die Frauen gehen, als Jessica noch etwas einfiel.

„Hast du genügend Feuerlöscher, falls er an einen Brandanschlag denkt."

Malika sah sie erschrocken an. „Ich bin zwar gut versorgt, aber das wäre furchtbar, all die Stoffe und die Wolle. Sicherheitshalber rufe ich meinen Bruder an, er ist bei der Feuerwehr."

Zwei lange Tage hörten sie nichts. Das war enttäuschend, weil sie gerne gewusst hätten, wie die Sache ausgegangen war, andererseits gab es ohne neue Informationen ja auch keine schlechten Nachrichten.

Am dritten Tag kam eine glückliche Malika mit vielen Geschenken, mit denen sie den Frauen für ihre Hilfe danken wollte. Jessica drückte angenehm überrascht ihre gelbe superzarte Wolle an sich, Sylvie freute sich über die Patchwork-Küchen-Handschuhe, die denen glichen die sie vorher bewundert hatte und Andrea machte Luftsprünge über ein Kissen, das mit einem aufgedruckten Foto glänzte, auf dem „Das große Miss-Marple-Buch" abgebildet war.

„Marc Aurel wurde festgenommen, aber das Verfahren beginnt erst später. Ich habe ein Kontaktverbot erwirkt und fühle mich wieder sicherer. Vielen, vielen Dank euch dreien, ohne euch wäre ich verloren gewesen. Ihr habt jede außerdem noch einen Kurs bei mir frei, sucht euch etwas Tolles aus."

„Das machen wir gerne." Jessica lächelte und schob Malika einen Stuhl und ein Teeglas zu. „Aber es wäre nicht nötig gewesen. Menschen sollten füreinander da sein und nicht nur nebeneinander leben, denn dann ginge es uns allen viel besser. Das ist eine wichtige Lehre aus den *Blauen Zonen* und wenn sich alle so verhalten würden, könnten wir auch alle gesund und glücklich hundert Jahre alt werden."

Lieblinge in Gefahr

Anfang Mai war der Anblick der vielen Gärten so überwältigend, dass es die drei Frauen regelrecht ablenkte, wenn sie wie jeden Morgen den See in flottem Tempo umrundeten.

„Natürlich ist es der pure Luxus, dass uns Lennart nachher mit einem gedeckten Frühstückstisch empfängt, aber warum läuft er eigentlich nicht mit uns? Wollte er denn hier nicht fitter werden?" Nach Jessicas Frage seufzte Sylvie besorgt. „Er würde unser Tempo gar nicht mithalten können, dieses verfluchte Long- Covid nimmt ihm einfach die Kraft. Er kann nicht tief genug einatmen und produziert damit auch nicht genügend Energie. Jetzt überlegt er, ob er sich einen Hund anschaffen soll, da fällt das langsame Gehen nicht so auf, hofft er. Hättet ihr denn etwas gegen einen Hund?"

„Also ich nicht", rief Andrea gleich, „Aber ich möchte am liebsten etwas ganz Normales, einen richtig frechen Straßenköter."

„Genau", Jessica drosselte das Tempo etwas, „eine Promenadenmischung aus dem Tierheim würde mir auch gefallen."

„Hatte Lennart denn schon mal einen Hund?"

Als Sylvie nur den Kopf schüttelte fuhr Andrea, die die kleine Stadt inzwischen am besten kannte mit ihren speziellen Tipps fort, die sie gerne auch etwas umfangreicher gab. „Das Tierheim ist im nördlichen Teil der Stadt, dort wo auch das Gewerbegebiet beginnt.

Wenn er sich aber vorher schlau machen will, dann empfehle ich
ihm den „Lieblingsladen", das ist ein ganz fantastischer Laden für
Haustiere. Die Besitzerin heißt Katja, sie dürfte etwa im gleichen
Alter sein wie Lennart und ist ein ausgesprochener Hunde-Fan.
Aber es gibt dort alles für Haustiere jeder Art, Spezialfutter, Betten,
Transportboxen, Spielzeuge, Pflegegeräte und ähnliches. Dann gibt
es Fachliteratur über Hunde, Katzen, Kaninchen, Vögel und Fische.
Und für die Tierhalter gibt es sogar unterhaltsame Literatur über
ihre Lieblinge, aber auch Krimis."

„Krimis über Haustiere, habe ich das jetzt richtig verstanden?" Sylvie sah Andrea zweifelnd an. Die lächelte nur. „Natürlich, es gibt
dort die Krimis von Lilian Jackson Braun, über zwei superschlaue
Katzen und bei Rita Mae Brown ermitteln sogar zwei Katzen und
ein Hund gemeinsam."

„Das muss ich unbedingt lesen, denn mittlerweile mag ich auch
keine harten Sachen mehr. Und Hunde oder Katzen die aufklären,
das wird bestimmt lustig."

Schon am nächsten Nachmittag zeigte sie stolz ihre Neuerwerbung,
während Lennart sich schon mit seinem Hundebuch in den Garten
zurückgezogen hatte.

„Das ist wirklich ein toller Laden", schwärmte Sylvie, „Katja ist
echt nett, obwohl sie heute ein wenig neben der Spur war, aber das
kann ich verstehen. Sie hat zwei Hunde, einen Golden Retriever
und seit kurzem einen putzigen Dackel. Und der größere Hund ist

seit zwei Tagen verschwunden. Retriever sind sehr kluge Hunde, sagt sie, die verlaufen sich nie, also muss er entführt worden sein. Aber wer stiehlt denn Hunde?"

Jessica nickte mitfühlend, obwohl sie selbst nie einen Hund hatte.

„Eigentlich hört man mehr über illegalen Handel mit viel zu jungen oder kranken Tieren, aber wenn es Geld bringt, zum Beispiel für Tierversuche, dann werden auch Hunde gestohlen."

„Aber es ist grausam, so ein Tier ist doch fast ein Familienmitglied, vor allem bei älteren Leuten."

„Was führt ihr hier für ernste Gespräche? Habt ihr euch schon auf morgen vorbereitet?" Andrea kam lächelnd hereingewirbelt und hielt etwas hinter ihrem Rücken versteckt. Jessica und Sylvie sahen sich fragend an. Hatten sie einen Termin verpasst?

„Du meinst das Seminar von Lilly und Nicole morgen zur Bewegung, ich denke darauf sind wir gut vorbereitet. Schließlich machen wir schon eine halbe Stunde Gymnastik pro Tag und walken auch die gleiche Zeit um den See."

„Und das täglich sogar bei Wind und Wetter", ergänzte Sylvie.

„Das entspricht ja auch einem der wichtigsten Geheimnisse der *Blauen Zonen*: Von der Wiege bis zur Urne – turne, turne, turne! Aber morgen geht es auch um Spaß, wir tanzen! Mädels, wir machen Line Dance! Und seid ihr darauf vorbereitet?"

Wieder sahen sich die beiden an. Musste man für diesen Tanz vorher schon etwas machen?

„Gut, dass ihr mich habt." Andrea warf sich in Positur. Dann zog sie aus der Tüte, die sie versteckt hatte drei Hüte. „Es sind zwar keine echten Stetsons, aber wir sind ja auch noch keine echten Line Dancer."

Nachdem sich alle im Spiegel begutachtet hatten und die graublauen Hüte gerichtet und akzeptiert waren, fragte Sylvie. „Brauchen wir noch mehr?"

„Ach wo, ich habe mit Nicole telefoniert, Jeans und karierte Bluse genügen fürs erste. Aber wenn wir mehr als drei Tänze beherrschen, fahren sie gerne mit uns in diesen Laden, damit wir uns einkleiden können." Sie breitete einen umfangreichen Werbeflyer auf dem Tisch aus. „Da gibt es tolle Sachen. Nicht nur Jeans, Stiefel oder Hüte, da gibt es weite Röcke mit Petticoats und breiten Gürteln. Seitdem ich wieder eine Taille habe, kann ich mich für so etwas begeistern."

„Oh, die sehen echt toll aus. Und die Westen würde ich auch so anziehen und für Sylvie gibt es sogar eine Latzhose." Jessica stieß Sylvie an, aber die brummte nur. „Lasst uns erstmal die Schritte lernen und sehen, wie wir mit unseren Partnern klarkommen. An die Tanzschule habe ich nicht die besten Erinnerungen."

„Aber das ist doch das Schönste am Line Dance", lachte Andrea und zeigte ihr ein Tanzvideo auf ihrem Smartphone. „Wir tanzen alleine in der Linie. Das wird ein Spaß!"

Am nächsten Tag kamen Nicole und Lilly bereits an, als die WG noch am Frühstückstisch saß, aber die beiden nahmen nur die Schlüssel für den Raum im Obergeschoss und verschwanden wieder. Misstrauisch sah Sylvie die anderen an. „Die haben ja nicht mal einen Hut auf, dann mache ich das auch nicht."

„Das ist typisch meine Schwester!" Lennart, der sich sonst nie einmischte, schüttelte tadelnd den Kopf. „Du reagierst schon wieder zu vorschnell. Vielleicht ziehen sie sich ja noch um, weil es ihre Dienstkleidung ist. Das werden wir dann schon sehen und deshalb gehen wir alle mit Hut. Ich habe mir extra einen besorgt."

„Du kommst mit? Zum Tanzen?"

Jessica und Andrea amüsierten sich über den Disput der Geschwister und vor allem über die total erstaunte Sylvie.

„Wieso denn nicht", antwortete Lennart gleichmütig wie immer. „Ich habe schon immer gerne getanzt und etwas Neues zu lernen, passt sehr gut in unsere *Blaue Zone*."

„Das finde ich auch", unterstützte ihn Andrea. „Obwohl ich eher davon ausgehe, dass es in Loma Linda, der kleinen Stadt in Kalifornien, nicht die Cowboys, sondern die Sieben-Tage-Adventisten sind, die so gesund alt werden. Dennoch weiß auch keiner genau, ob sie nicht doch auch tanzen. Auf jeden Fall trinken sie viel Wasser und das brauchen wir heute auch."

Als sie den Seminarraum betraten war Jessica froh, dass sie sich doch umgezogen hatten und jetzt mit Bluse, Jeans und Hut recht zünftig aussahen, denn die anderen 12 Teilnehmerinnen trugen alle

Ähnliches. Bei Nicole und Lilly sah sie natürlich aufwendig gestaltete Westernblusen und Gürtel, die ihr auch gefallen würden.

Zunächst erläuterte die dunkelhaarige Lilly den Zusammenhang von Line Dance mit den Geheimnissen der *Blauen Zonen*.

„Meine Großmutter hatte einen Wahlspruch: *Oben fit und unten dicht – mehr wünsch ich mir fürs Alter nicht!* Und darum geht es uns doch auch, möglichst lange geistig fit zu bleiben und Wichtiges im Hinterkopf zu behalten. Dafür gibt es drei entscheidende Faktoren, die beim Tanzen sogar verbunden werden. 1. Ständiges Lernen, das gilt für den Line Dance besonders, denn jeder Tanz hat neue Choreografien. 2. Wir bewegen uns, wenn es gut läuft sogar beschwingt und entzünden damit ein neuronales Feuerwerk im Gehirn. Und 3. üben wir das Einfügen in eine Gruppe, das Miteinander. Ihr tanzt zwar alleine, achtet aber auf eure Reihe, auf die Tänzerin vor euch oder den Tänzer seitlich. Und wenn ihr es könnt macht es eine Menge Spaß!"

Noch sahen sich die Teilnehmerinnen und Lennart zweifelnd oder neugierig an, als Nicole fortsetzte. „Auch, wenn ihr bei den Schritten ein wenig stöhnt, denkt immer an die Wirkung, die das auf den Bereich im Gehirn hat, wo unser Gedächtnis sitzt. Immer wenn ihr einen neuen Tanz gespeichert habt, wächst dieser Teil. Das ist wissenschaftlich bewiesen. Soll ich es bei jemandem nachmessen?"

Alle lachten und dann begann es richtig. Nicole und Lilly schalteten die Musik ein und demonstrierten den „Hucklebuck", einen

lustigen Tanz, der ganz leicht aussah. Andrea grinste Jessica an.
„Das geht, ich dachte das Ganze wäre schwerer."
Nach fünf Minuten war sie bereits anderer Meinung und schob den
Hut von der schwitzenden Stirn. Auch Jessica hatte etwas Mühe,
sich immer rechtzeitig an den nächsten Schritt zu erinnern, im Takt
zu klatschen oder zu hopsen, sah aber überrascht wie leicht sich
Lennart und Sylvie bewegten, als ob sie nie etwas anderes gemacht
hätten. Sie deutete mit dem Kopf auf die beiden und auch Andrea
bekam große Augen. „Haben die ein Geheimrezept für Fitness?",
raunte sie Jessica zu. „Ich kriege kaum noch Luft, wir müssen irgendetwas falsch machen."
Nach der dritten Wiederholung entspannte sich die Lage. Nun
machte es Jessica auch Spaß, denn jetzt liefen die erlernten Schritte
fast automatisch ab und sie hatte endlich Zeit, die Musik und den
Schwung zu genießen. Auch als sie rechts und links in die Reihe
sah, da gab es nur strahlende Gesichter. Dennoch kam eine etwas
längere Trinkpause sehr recht.
„Also ihr zwei", wandte sich Andrea an die Geschwister. „Habt ihr
euch schon heimlich vorbereitet oder schon früher getanzt oder war
eure Mutter Ballerina und hat euch eine Tonne Talent vererbt?"
„Das nicht", lachte Sylvie. „Aber wir haben tatsächlich früher in
einer Kindertanzgruppe mitgemacht, aber nicht so wie heute."
„Wenn ihr das so gut beherrscht, dann könnten wir doch in den
nächsten Tagen gegen Abend ein wenig Tanzen üben", schlug An-

drea vor. „Jetzt klappt es bei mir ja ganz gut, aber bis zur nächsten Woche habe ich die Hälfte der Schritte vergessen und dann wirkt ja die Methode nicht mehr."

Lennart nickte nur, weil er den zwei Frauen zuhörte, die hinter ihm saßen. Dann deutete er nach hinten und hielt einen Finger beschwörend vor den Mund.

„Ich hatte das Hündchen jetzt zwei Jahre, seitdem mein Mann gestorben ist. Ich konnte mit meinem Waldi reden, wie mit einem Menschen und er war so verständig."

„Und er wurde auch gestohlen?"

„Es kann nicht anders sein, er wäre nie mit irgendjemandem mitgegangen. Warum tun Menschen nur so furchtbare Dinge?"

„Mittlerweile sind es mehr als 10 Hunde, die verschwunden sind, wieso stiehlt jemand Hunde? Wer ein Tier braucht, kann doch ins Tierheim gehen oder bei einem Züchter kaufen."

Andrea und Jessica sahen sich alarmiert an, die Hundediebstähle schienen ungeahnte Ausmaße anzunehmen. Vielleicht sollten sie sich damit beschäftigen, ehe Lennart einen Hund aus dem Tierheim holte? „Mach dir keine Sorgen", raunte sie ihm zu. „Wenn du einen Hund hast, wird das nicht passieren. Wir passen auf."

Nachdem der Tanz noch einmal abschließend getanzt wurde und wirklich jeder der Meinung war, alles zu können, schlossen die beiden das Seminar. „Nächstes Mal zeigen wir euch einen Tanz, der universell ist und den man zu vielen Country-Nummern tanzen kann. Bis dahin übt fleißig, damit euer Grips wächst."

Während die Teilnehmerinnen aus der Nachbarschaft schon nach draußen strebten, kam die blonde Nicole noch auf die Frauen zu.

„Wir räumen nur unsere Sachen zusammen und schließen dann ab, aber vorher habe ich noch ein Anliegen. Habt ihr schon davon gehört, dass Hunde gestohlen werden?"

Jessica nickte und Lennart bestätigte. „Hinter uns saß eine Frau, die auch ihren Hund vermisst."

„Ich leider auch. Ich habe einen so süßen kleinen Westie, der nie irgendwohin gelaufen wäre. Ihn konnte ich im Garten hinter meinem Haus allein lassen, wenn ich als Personal Trainer unterwegs war, aber seit zwei Tagen ist er spurlos verschwunden. Nur seine Spielzeugmaus lag noch im Garten, dabei weiß ich, dass mein Charly ohne sie nirgendwohin gehen würde, ach…" Sie wischte über die Augen. „Ich weiß ja, es ist nur ein Hund…"

„Aber für dich ist er Familie," setzte Sylvie einfühlsam fort.

„Genau. Deshalb dachte ich, ihr habt das Chaos bei Malika so toll aufgeklärt, sie singt nur noch euer Loblied. Könntet ihr auch herausfinden, was mit den Hunden passiert ist und vor allem, wo wir sie wiederfinden können?"

„Wir haben zwar noch keinen Hund, aber wir können nachempfinden, welche Lücke die Tiere hinterlassen", begann Jessica und sah dann ihre WG an. Als alle zustimmend nickten, fasste sie zusammen. „Wir werden uns die größte Mühe geben. Gibt es jemanden, der schon Informationen über die fehlenden Hunde gesammelt hat? Und gab es Anzeigen bei der Polizei?"

„Das kann ich dir nicht sagen, aber wir haben inzwischen eine WhatsApp-Gruppe für vermisste Hunde gebildet, da könnten wir diese Angaben zusammenfassen."

„Super! Falls du noch Zeit hast, dann komm am besten nach in unser Wohnzimmer."

„Ich kann in der Zwischenzeit Lilly beim Zusammenpacken helfen", rief Lennart zur Überraschung seiner Schwester. Als sie die Treppe nach unten gingen, warf sie noch einen misstrauischen Blick zurück. „Bisher dachte ich immer das Corona-Virus hätte ihn auch mit einer Angst vor Frauen infiziert. Das scheint aber doch nicht der Fall zu sein. Kleine Brüder", stöhnte sie, „ständig muss man sich Sorgen machen. Bei Mirko ist das auch so, seitdem er geschieden ist, kennt er nur noch Arbeit."

„Aber du musst sie doch nicht unter die Haube bringen, sie sind alt genug", versuchte Jessica sie zu trösten. „Und außerdem hat Andrea Mirko schon zweimal bei Malika gesehen. Und ich denke, er hat nicht nur eingekauft."

„Das freut mich aber." Sylvies Gesicht begann zu leuchten. „Das erleichtert mich sehr, also konzentrieren wir uns wieder auf den Fall. Bei Mrs. Murphy, der schlauen Katze, gab es eine ähnliche Situation, da hat aber der Hund die Spur der Täter erschnüffelt."

„So eine WhatsApp-Gruppe ist eine gute Sache", murmelte Andrea auf dem Rückweg. „Fipps könnte uns doch helfen, so etwas auch für die *Blaue Zone* einzurichten."

Wie so oft, erschien Fipps genau dann, wenn von ihm die Rede war. „Die letzten beiden Stunden fallen aus. Kann ich bei euch Mittag essen? Und außerdem habt ihr bestimmt Arbeit für mich." Sobald er an Jessicas Laptop saß, wurden die Informationen über die gestohlenen Tiere sofort und säuberlich in einer Excel-Tabelle erfasst. „Es sind insgesamt 13 Hunde, alles unterschiedliche Rassen, alle unterschiedlichen Alters, aber alle gestohlen im Zeitraum von zwei Wochen."

„Diese Eile scheint mir wichtig", murmelte Jessica unzufrieden, „aber ich kann mir nicht vorstellen, zu welchem Zweck jemand ganz schnell Hunde brauchen sollte."

„Vielleicht ist es gar nicht erforderlich zu wissen, weshalb das jemand getan hat, wir wollen unsere Tiere einfach wiederhaben und auch in Zukunft sicher sein. Aber jetzt muss ich leider los. Ich habe noch einen Termin." Damit verabschiedete sich Nicole.

„Sie hat ja recht, welcher idiotische Grund dahinter auch stecken mag, das können wir immer noch erfahren, wenn wir diejenigen erwischen." Andrea begann wieder durch den Raum zu gehen.

„Aber wie willst du an sie herankommen, wir haben ja noch nicht mal irgendwelche Verdächtige." Sylvie klang schon sehr frustriert, aber Andrea grinste nur. „Im Krimi sagen sie in einer solchen Situation immer: Folge der Spur des Geldes!"

„Von welchem Geld sprichst du?" Auch Jessica wurde ungeduldig.

„Wir müssen diesen Tipp nur an unseren Fall anpassen. Also *Folge der Spur des Futters*", erklärte Andrea überzeugt. „Wenn jemand innerhalb von zwei Wochen plötzlich 10 Tiere oder mehr hat, braucht er doch Futter und zwar deutlich mehr, als wenn er sich gerade ein Hündchen zugelegt hätte. Das muss man doch bei den Läden finden können, die Futter verkaufen."

Fipps grinste und hob den Daumen, dann sah er zu Jessica, die zwar das Gesicht verzog, dann aber nickte.

„Damit ist es erlaubt, Katjas Lieblinge lasse ich raus." Und schon flogen seine Finger über die Tasten, während Jessica und Andrea neugierig über seine Schultern starrten und Sylvie in der Küche schnell den Lunch für alle vorbereitete.

„Es gibt drei Läden, in denen deutlich mehr Futter bestellt und auch verkauft wurde", fasste Fipps für die Frauen zusammen. „Einer ist in der Nähe des Tierheims, einer ist am Stadtpark, wo das Wild-tiergehege ist und einer ist in Braunfeld, das Dorf ist erst vor kurzem eingemeindet worden. Jemand hat das Pippa erzählt, weil es dort ein Schloss oder etwas Ähnliches geben soll, und sie ist wild auf Märchenschlösser, aber wir waren noch nicht da."

„Vielleicht fahren wir ja gemeinsam dort hin. Jedenfalls haben wir damit einen Ansatzpunkt. Und jetzt lasst uns etwas essen. Hast du danach noch etwas für die Schule zu erledigen?"

Fipps schüttelte entschieden den Kopf. „Habe ich schon gemacht, aber ich würde gerne noch etwas stöbern, ob es andere Hinweise gibt. Vielleicht hat ja jemand irgendwo etwas vor, bei dem man Hunde braucht, beim Film oder so."

„Du denkst an 101 Dalmatiner?"

„Oder Lassie", rief Sylvie.

„Kenne ich nicht." Fipps zuckte mit den Schultern und folgte den anderen in die Küche, wo gemeinsam sämtliche Hundefilme der letzten Jahrzehnte zusammengetragen wurden.

Noch am Abend entschied die WG, gleich am nächsten Tag das Tierheim aufzusuchen und bei dieser Gelegenheit auch in der „Futterluke", dem Geschäft, das in der Nähe lag, nach Großabnehmern von Hundefutter zu forschen.

Das Tierheim war größer als erwartet, deshalb teilten sie sich auf. Lennart und Sylvie ließen sich wie erwartet bei der Auswahl ihres Hundes viel Zeit und sprachen lange mit der Betreuerin, die sie einige Hunden an der Leine führen ließ. Während dieser Zeit unterhielten sich Jessica und Andrea mit der Leiterin der Einrichtung, die auch schon von den Diebstählen gehört hatte. „Es tangiert uns nicht direkt, weil bei uns eher Hunde vor die Tür gestellt, als gestohlen werden, aber ich kann den Schmerz bei jedem nachvollziehen, der sein Tier verliert. Das ist sehr schlimm."

„Werden denn immer noch so viele Tiere ausgesetzt? Ich würde so etwas streng bestrafen", ärgerte sich Andrea. „Ein Tier ist doch kein altes Möbelstück, das man auf die Straße stellt und selbst das sollte man nicht machen."

„Zurzeit haben wir relative Ruhe, am schlimmsten ist es nach
Weihnachten und am schlimmsten sind auch die Leute, die meinen
sie hätten ein Anrecht darauf im Tierheim abzugeben, was ihnen
nicht gefällt oder Arbeit macht. Vor kurzem hatten wir einen eher
umgekehrten Fall. Ein Mann wollte sofort 10 Hunde und sie auch
gleich mitnehmen. Ich war sofort misstrauisch, denn die Rasse war
ihm egal, das Alter war egal, nur 10 Hunde sollten es sein. Er hatte
sogar schon einen weißen Tiertransporter mit Fahrer dabei."
Jessica und Andrea sahen sich alarmiert an. Das war höchstver-
dächtig!

„Sie haben natürlich abgelehnt, wie hat er reagiert?", begann Jessica ihre Nachforschung.

„Sehr arrogant, würde ich sagen, aber andererseits auch etwas genervt, so als hätte er einen dringenden Termin, an dem er irgendwelche Hunde brauchte."

„Glauben Sie, dass er vom Film war und einfach Straßenhunde
brauchte?" Bei Andreas Frage winkte die Leiterin sofort ab.

„Auf keinen Fall. Die Filmgesellschaften wissen, dass sie Geneh-
migungen vorlegen müssen."

„Hat er sich denn vorgestellt oder hat er eine Karte hinterlassen?
Vielleicht hat er ja mit den Diebstählen sein Problem gelöst?"
Die Frau krauste ihre Stirn und schien wirklich angestrengt zu
überlegen. „Er hat keine Karte hinterlassen, aber er hat sich vorge-

stellt, es war irgendein pompöser Name oder Titel, aber ich erinnere mich nicht mehr."

„Vielen Dank, Sie haben uns dennoch sehr geholfen", wollte sich Andrea gerade verabschieden, als Jessica noch etwas einfiel. „Wie hat er denn ausgesehen, war da etwas Besonderes?"

„Na ja, Männer über Fünfzig! Meine Mutter hat immer gesagt, die sind wie Oldtimer, stehen sinnlos rum und brauchen viel Pflege. Dieser Mann bestimmt auch, er hatte deutlich mehr als nur einen Bauchansatz und eine Menge Kratzer an den Händen. Wie jemand, der zum ersten Mal Hammer und Zange in die Hand nimmt."

Jessica bedankte sich jetzt schnell und eilte nach draußen, um ihre Notizen zu ergänzen. „Ich glaube, wir nähern uns dem Ziel schneller als wir dachten. Das scheint mir ein sehr aussichtsreicher Kandidat zu sein, schade, dass wir keinen Namen haben."

Nachdem Andrea kurz mit Sylvie telefoniert hatte, deutete sie in Richtung der „Futterluke". „Wir sollen dort auf die beiden warten, es dauert nicht mehr lange. Sie fährt uns dann mit dem neuen Familienmitglied gemeinsam zurück."

Der Angestellte im Geschäft für Tierfutter und einiges andere schien froh zu sein, mit ihren Fragen etwas Ablenkung zu erhalten. „Hier ist doch kaum etwas los. Wir beliefern zwar das Tierheim regelmäßig und wenn jemand sich ein Tier holt, dann deckt er sich hier ein, aber sonst ist hier tote Hose. Die Leute, die Tiere abstellen, geben ihnen ja nicht mal Futter mit."

„Gibt es denn bestimmte Zeiten, wo mehr verkauft wird?"

Der Mann schob seine Schirmmütze langsam nach hinten, anscheinend half das beim Überlegen, denn nach kurzer Zeit fiel ihm etwas
ein. „Vor Weihnachten da kaufen viele Hunde- oder Katzenfutter
und spenden es dem Tierheim oder letzte Woche diese Filmgesell-
schaft. Der Chef hat mir erzählt, dass sie einen Film mit ganz nor-
malen Hunden drehen und natürlich sollte es auch das billigste Futter sein, wegen der Kosten. Der hat wirklich eine Menge gekauft."

„Und mussten Sie es auch liefern?"

„Nein, er hat gleich alles mitgenommen, hatte ja einen weißen
Transporter dabei, so ein schickes Teil mit einer komischen Krone
drauf."

Jessica überlegte, ob sie nach dem Kennzeichen fragen könnte,
ohne aufzufallen, aber dann hatte sie eine andere Idee. „Drehen die
ihren Film mit den Straßenhunden hier in der Nähe?"

„Nein, er hat einen anderen Ort genannt, irgendetwas mit einem
Felsen oder einem Feld. An mehr erinnere ich mich nicht."

Genau in dem Moment betraten Sylvie und Lennart mit einem
niedlichen rotbraunen Dackel an der Leine den Laden. Der Dackel
schien noch anderer Meinung zu sein, denn er wollte sofort zurück
und zog die Leine bis zur Tür, wo sie stoppte. „Nein, Buddy bleib
hier", sagte Lennart in seiner üblichen ruhigen Art, während Sylvie
schon der Schweiß auf der Stirn stand. „Er ist ein wenig eigenwil-
lig, hat die Pflegerin gesagt, aber sonst ein gutes Kerlchen. Bisher

wollte er ständig in eine andere Richtung als wir, hat das Leckerli, das ich ihm gegeben habe ausgespuckt und mir auf den Schuh gepinkelt. Aber mein Bruder findet ihn toll!"

Auch Jessica musste sich erst das Lachen verkneifen, ehe sie Sylvie trösten konnte. „Das ist sicher nur die Umstellung. Du wirst schon sehen, das wird noch etwas mit euch beiden."

„Dein Wort in Gottes Gehörgang oder dorthin wo Wichtiges entschieden wird, aber bis dahin werde ich diesen Hund nicht füttern!"

„Das musst du auch nicht, du hast ja Lennart. Und wir haben inzwischen tolle Infos, entscheidende Anhaltspunkte und wahrscheinlich auch einen Verdächtigen, aber wir haben weder einen Namen noch den Ort, wo man die Hunde finden könnte. Aber jetzt lass uns mal schauen, wie wir uns alle und Buddys erste Ausstattung in dein kleines Auto packen."

Fipps und Pippa, die frei hatten und sie schon an der Haustür erwarteten, stürzten sich sofort auf den Hund und Sylvie, die sie aufhalten wollte, musste zähneknirschend mit ansehen, wie sich der Hund von Pippa die Ohren langziehen und von Fipps den Bauch kraulen ließ.

„Und bei mir musstest du die Bestie raushängen lassen, das vergesse ich dir nie", schimpfte sie mit anklagendem Blick, derweil die andern lachten.

Während Lennart und die Frauen die Ausstattungsgegenstände ausluden und ins Haus trugen, tobten die Kinder mit Buddy auf dem

Rasen hinter dem Haus, als wären sie schon ewig die besten Freunde. Irgendwann stellte Lennart fest, dass die Erstausstattung noch nicht reichte und ziemlich viel von der Liste fehlte, die ihm die Fachfrau Katja vorsorglich gegeben hatte. Sylvie nickte sofort um die Sache abzukürzen. „Dann fahren wir am besten morgen gleich zum „Lieblingsladen".

Inzwischen kamen die Kinder mit Buddy in den Flur. „Wo hat denn das Hündchen seinen Fressnapf? Es muss ganz schlimmen Hunger haben." Pippas herzerweichenden Blicken konnte Sylvie dann doch nicht widerstehen und sie füllte den Napf. „Du kannst ihn aber selber füttern, das wird ihn freuen."

Pippa war zufrieden, dem Hund beim Fressen zuzusehen, aber Fipps wollte noch etwas loswerden. „Ich habe gestern zu Braunfeld recherchiert. In Wirklichkeit gibt es dort kein Schloss, sondern eine Villa, die einem Baron von Hohenlohe und Braunfeld gehört. Ist das so etwas wie ein Prinz?"

„Nein, der Baron gehört zu den niederen Adelstiteln und bezeichnet jemanden, dem ein großer Landsitz gehört und der auch bestimmte Rechte daraus erhält. Der bekannteste deutsche Baron ist Münchhausen", dozierte Andrea, aber Fipps grinste nur. „Also ein adliger Lügner. Das verstehe ich. Bei dem in Braunfeld scheint auch einiges nicht zu stimmen. Der Baron hatte vor kurzem eine große Veröffentlichung für ein Hundehotel der Oberklasse geschaltet, da gab es auch tolle Bilder, aber jetzt ist alles wieder verschwunden. Natürlich nicht ganz, ich konnte das zurückholen." Dann zog er ein leicht verknittertes Blatt aus seiner Hosentasche und zeigte es Jessica.

„Also was man hier sehen kann, ist eigentlich recht ansprechend. Warum zieht sich dann jemand wieder davon zurück? Egal wir vertagen das bis morgen, ich habe jetzt Hunger."

„Ich mache Lunch für alle", rief Sylvie. „Wer hilft mir?"

„Ich habe noch genügend Energie", meldete sich Andrea freiwillig und ging mit Pippa in Richtung Küche. „Danach lassen wir Jessica ein wenig Ruhe, sie muss noch den Brotteig vorbereiten."

Nachdem die anderen mit ihrer Lunch-Box abgezogen waren, begann Jessica geschickt Roggen-, Dinkel-, und Hafermehl abzuwiegen und mit Gewürzen und Sauerteig zu mischen. Dann gab sie warmes Wasser dazu und rührte sorgfältig bis ein fester Teig entstand. Als sie den Deckel auf die Schüssel packte, kam Sylvie mit ihrer Box zurück. „Du bist schon fertig? Eigentlich wollte ich zusehen."

„Das wird das sogenannte faule Brot, das muss ich nicht kneten, das geht von allein bis morgen früh" erklärte Jessica.

„Aber dann wird es mit einem Kurs zum Brotbacken schwierig. Du kannst schlecht nach einer Viertelstunde ankündigen, bitte kommen Sie morgen wieder." Sylvie grinste, aber Jessica blieb gelassen.

„Du kannst dir das alles auf dem You-Tube-Kanal ansehen. Andrea hat die Arbeitsschritte aufgenommen und dann die Pausen herausgeschnitten. Das hat es auch für mich leichter gemacht und wer backen will, kann es sich dann so oft ansehen, bis es klappt."

Fast zur gleichen Zeit führte Lennart seinen Hund aus, immer mit Fipps und Pippa im Schlepptau und in dieser Zeit war der Dackel einfach zum Vorzeigen. Er trippelte fleißig auf seinen kurzen Beinchen voran, hörte sofort auf jeden Befehl und sah ihn so artig an, dass Lennart mit seiner Auswahl absolut glücklich und zufrieden war. Dass sein eigenes Tempo deutlich höher war als sonst, stellte er erst fest, als er abends die höhere Schrittzahl auf seiner Smartwatch sah. Dankbar blickte er zu Buddy, der sich zufrieden dreimal auf seinem neuen Lager drehte und dann die Augen schloss.

 Am nächsten Morgen schlug Jessica vor, die Fahrt zum „Lieblingsladen" mit der nach Braunfeld zu verbinden. „Das ist die gleiche Richtung und wir müssen unbedingt dorthin. Was ist, wenn ausgerechnet dieser komische Typ mit dem Hundehotel die Hunde entführt, aber irgendwann den Zweck erreicht hat, für den er sie brauchte? Was geschieht dann mit ihnen?"

„Alles klar", rief Sylvie sofort. „Wenn Gefahr im Verzug ist, müssen wir schnell handeln, vielleicht kann ja Katja den Rest liefern oder wir holen es später ab. Also alle einsteigen!"

Katja hatte volles Verständnis für ihr Anliegen und versprach zu liefern, als Buddy plötzlich ganz aufgeregt bellte.

„Jetzt geht das schon wieder los", raunte Sylvie. „Erst ist er brav wie in Engelchen, aber dann…"

Sie kam gar nicht dazu weiterzusprechen, weil aus dem Nebenzimmer ein anderer Dackel herausgeschossen kam und mit fliegen-
den Ohren auf Buddy zu rannte. Lennart wollte sich schützend vor
seinen Hund stellen, aber Katja hielt ihn lächelnd zurück und legte
den Finger beschwörend vor den Mund. Erstaunt sahen sie dann zu,
wie die beiden Hunde, die sich wie ein Haar dem anderen glichen,
sich fröhlich beschnupperten und ableckten, während ihre Ruten
vor Freude schwangen.

„Das ist ja erstaunlich, es sieht aus, als ob sie sich kennen würden“,
flüsterte Andrea ganz ergriffen.

„Das vermute ich auch, vielleicht sind es sogar Geschwister, haben
Sie ihn auch aus dem Tierheim? Da kommt mein Rocky auch her.“
Lennart nickte Katja nur zu, denn noch war er sich seiner Stimme
nicht so ganz sicher. Es lag sicher an diesem blöden Covid, dass er
jetzt so schnell rührselig wurde.

„Jetzt verstehe ich auch, warum er nicht mit uns gehen wollte, er
wollte im Tierheim seinen Bruder suchen. Das ist ja wirklich süß.“
Auch Sylvie war ganz ergriffen, aber Jessica drängte zum Auf-
bruch. Das erwies sich jedoch als äußerst schwierig, da die beiden
Hunde kaum zu trennen waren.

„Wir müssen aber nach Braunfeld, denkt an die vielen vermissten
Hunde.“

Das machte Katja hellhörig. „Haben Sie tatsächlich einen konkre-
ten Verdacht, wo die Hunde sein könnten?“ Sie hörte sehr auf-

merksam zu, als Jessica die bisherigen Anhaltspunkte erläuterte und entschied dann sehr schnell. „Das ist die Sache wert, ich komme mit. Meine Mutter kann in der Zeit auf den Laden aufpassen und wenn die Hunde dort sein sollten, brauchen Sie sowieso einen größeren Transporter."

Kurze Zeit später brausten zwei Fahrzeuge mit vier entschlossenen Frauen, einem Mann und zwei Hunden nach Braunfeld.

Glücklicherweise hatte ihnen Fipps die Adresse des angeblichen Hundehotels notiert und sie erreichten es gerade, als ein Mann aus dem heruntergekommenen Haus trat und in sein Auto einsteigen wollte. Jessica war als erste aus dem Fahrzeug gesprungen und ging sofort auf ihn zu. „Ich suche das Hundehotel, ist das nicht hier?"

Als sie sich zwischen den Mann und sein Auto schob, um ihn am Einsteigen zu hindern, versuchte er sie mit den Schultern ziemlich rüde zur Seite zu rempeln, erstarrte aber sofort, als ein erbostes Bellen ertönte. Je näher Lennart mit dem knurrenden Buddy kam, umso mehr zog sich der Mann zurück. „Nehmen Sie Ihre bissige Töle weg, das Hundehotel ist geschlossen."

„Seit wann?"

„Seit heute, ich brauche es nicht mehr." Wieder versuchte der Mann zum Auto zu gelangen, aber ein kurzes Schnappen nach dem Knöchel ließ ihn aufheulen und wieder zurückweichen.

„Und wo sind unsere Hunde?" Katja ging drohend von der anderen

Seite auf ihn zu.

„Hier gibt es keine Hunde mehr, sie können gerne alles durchsuchen. Hier ist niemand." Jetzt sah er wieder so überheblich aus, wie ihn die Leiterin des Tierheims geschildert hatte, dachte Jessica und überlegte krampfhaft, wie sie weiter verfahren könnten.

Da sah sie Katja, die ihrem Dackel etwas zuflüsterte, das klang wie "Such Tasso!" Wie ein Torpedo schoss der kleine Dackel in die schmale Seitenstraße, die zu dem hinteren Bereich des Grundstücks führen musste. Und offensichtlich war er erfolgreich, denn schon nach kurzer Zeit ertönte aufgeregtes Bellen. Jessica wählte sofort die 110 und stellte gleich die Festnahme des Diebes und die Rettung der gestohlenen Hunde in Aussicht, während Katja, Sylvie und Andrea in die Seitenstraße eilten und dort den Tiertransporter eines Pharmaunternehmens am Weiterfahren hinderten. Der Fahrer stellte sich anfangs dumm, konnte aber nicht verhindern, dass der geschickte Rocky, wie auch immer, die Tür des Transporters geöffnet hatte und die Frauen die sedierten Hunde sahen. Katja rief sofort ihren Tierarzt an und informierte die WhatsApp-Gruppe über den Fund. Bevor die Polizei eintraf, kam schon Nicole, deren Termin in der Nähe war, angebraust, um ihren Charly überglücklich in die Arme zu schließen.

„Du musst aber noch hierbleiben", belehrte Andrea sie. „Die Polizei muss das erst gesehen und festgestellt haben, sonst könnt ihr die Typen nicht anzeigen."

„Du hast ja recht, aber ich musste mich einfach überzeugen, dass er wirklich wieder da ist. Ich wusste, dass ihr es schafft, vielen Dank, ihr seid einfach toll!"

Als die Polizisten endlich kamen, den Baron und den Fahrer des Wagens festnahmen, kam auch der angeforderte Tierarzt und er und Katja brachten die Hunde gemeinsam zur Kontrolle in seine Praxis. Während Jessica und Andrea sich noch etwas enttäuscht ansahen, weil der Showdown schon vorbei war, betrachtete Sylvie den Hund mit einem neuen Blick. „So ein kleiner Racker, eine richtige Angriffsmaschine, wenn es sein muss und jetzt wieder der brave Liebling."

Lennart grinste nur. „Ist eben ein guter Hund. Ich bin wirklich stolz auf dich, Buddy!"

„Fahren wir nach Hause, ich hätte ja gerne gewusst, warum das Ganze passiert ist, aber der Herr Baron wollte uns nicht aufklären."

Jessica winkte ihre Truppen zusammen und als alle eingestiegen waren, unkte Andrea noch. „Vielleicht wird es uns ja die Polizei erzählen, was meint ihr?"

„Bestimmt, wenn Ostern und Pfingsten gemeinsam an Weihnachten stattfinden", grummelte Jessica. Aber Andrea sollte recht behalten.

Zwei Tage später meldete sich ein junger Polizeimeisteranwärter, um ihnen für ihre Mithilfe bei der Herstellung der öffentlichen Sicherheit zu danken, wie er freundlich lächelnd herunterrasselte.

Beinahe hätte ihm Jessica gesagt, dass ihr in dem Moment die öffentliche Sicherheit gar nicht so sehr am Herzen lag aber dann lächelte sie nur. „Wir haben das vor allem wegen der Hunde gemacht."

Der Polizist schien erleichtert, seine Aufgabe hinter sich gebracht zu haben und wandte sich zum Ausgang, als ihm aber Andrea einen Kaffee und Kuchen anbot, nickte er erfreut. Nachdem sie beides serviert hatte, setzte sie sich ihm gegenüber und musterte ihn freundlich. „Sie haben sicher schon einiges zu den Motiven herausgefunden, oder?"

Der Polizist nickte zwar, schwieg aber weiter.

„Also hat der Baron das Hundehotel nur des Geldes wegen eröffnet?"

„Ja, sicher, bei 15 Millionen hätten das vermutlich jeder gemacht, aber wer erbt schon so viel?"

„Und vermutlich war der Erbonkel schon so krank, dass er seine Tierliebe möglichst schnell beweisen musste?"

„Soweit ich weiß, ist der Alte zwei Tage später verstorben."

„Ich verstehe, dann musste er die Tiere loswerden und wollte sie für Tierversuche verkaufen, aber mit 15 Millionen braucht man sowas doch nicht mehr."

Der junge Mann zuckte mit den Schultern. „Manche kriegen halt nie genug. Aber ich muss jetzt gehen. Vielen Dank für alles."

Als er das Haus verlassen hatte, starrten drei Augenpaare Andrea mehr als vorwurfsvoll an.

„Woher weißt du das alles? Wir hatten erwartet, dass uns der Polizist irgendetwas preisgibt und du weißt schon alle Details."

Andrea lehnte sich lächelnd zurück. „Bleibt ruhig, ich war euch nur
einen Roman voraus." Sie hielt ein Taschenbuch in die Höhe. „Die
Handlung stimmt in vielen Passagen überein, aber ich habe erst
heute früh den Schluss gelesen. Das beweist wieder einmal: Wer
liest, weiß mehr! Oder wie es im gepfefferten Spruchbeutel heißt:
Wer eifrig in den Büchern liest, die Weisheit mit dem Löffel
frisst!"

Brandheiße Entdeckungen

Jeden Morgen wenn Jessica aus dem Fenster sah, schien der Juni-Himmel noch blauer zu sein als am Vortag. Damals als sie noch jeden Tag zur Arbeit in die Klinik eilte, war ihr das Wetter nie so aufgefallen, aber jetzt genoss sie es richtig, denn dann konnte sie sich vorstellen direkt in einer der schönsten *Blauen Zonen*, auf Ikaria zu sein. Natürlich waren weder sie noch Andrea oder Sylvie irgendwann auf dieser griechischen Insel gewesen, aber ihre Vorstellungskraft reichte für drei. Sie wandte sich vom Fenster ab und räumte gerade ihre Wollauswahl zur Seite, die sie bei Tageslicht prüfen wollte, als sie alarmiert schnupperte. Brandgeruch! Sie rannte sofort in die Küche und riss die Backofentür aus, aber da war nichts angebrannt und sie atmete erleichtert auf. Wunderschön goldbraun gefärbt, mit Kürbiskernen und Sonnenblumenkernen bedeckt, warteten die beiden Brotlaibe darauf, dass die Backzeit ablief. Als ihr Küchenwecker genau in diesem Moment auch ziemlich laut schrillte legte sie die Brote gleich zum Abkühlen auf das Gitter. Das frischgebackene Brot duftete wie immer, also war der Brandgeruch von außen gekommen.

Aus dem Küchenfenster sah sie die Nachbarn zur rechten Seite, die das Feuer an ihrem Schuppen bereits löschten. „Braucht ihr Hilfe?" Bei Jessicas Ruf schüttelte der Mann nur den Kopf und winkte ab. „Ist schon alles erledigt. Es war nur ein Packen Papier."

Sie ging zu ihrem Brot zurück, während ihr mittlerweile kriminalis-
tisch geschultes Gehirn bereits die ersten Fragen formulierte.

Wieso gab es plötzlich überall kleine Brände? Mal traf es einen
Hausflur, besonders oft in den sechsgeschossigen Blocks am Stadtrand, dann wieder den Keller eines Einfamilienhauses oder irgendwelche Schuppen und Garagen. Bisher war noch kein großer Schaden entstanden, aber die Menschen fühlten sich verunsichert. Wann
würde der Brandstifter wieder zuschlagen und vor allem wo?

Die Angst geht um in Grünberg! Das hatte Andra gestern Abend
aus der Lokalzeitung zitiert und diesmal stimmte die reißerische
Überschrift auch. Sie prüften jeden Abend ebenfalls, ob alles ver-
schlossen und unbeschädigt sei. Sylvie hatte vor allem Angst um
die Hühner, die ihr schon ganz zahm folgten, wenn sie nur den
kleinen Innenhof betrat. Wahrscheinlich würde sie auch dort übernachten, überlegte Jessica schmunzelnd, wenn da nicht Flöhe oder
Ähnliches zu Besuch kämen.

Als sie ins Wohnzimmer zurückkam erklang Gesang aus dem Garten und sie sah hinaus. Andrea und Sylvie stützten sich auf ihre
Harken und schmetterten „Adelheid, schenk mir einen Garten-
zwerg", während Andrea Videos mit ihrem Handy machte. Singen
schien ihr neuer Schwerpunkt zu sein, denn zurzeit suchte sie überall nach Fakten die ihre These belegten, dass auch Singen zur den
Geheimnissen der *Blauen Zonen* gehören müsse. Jessica musste
lächeln, als sie an den Eifer ihrer Freundin dachte, während sie mit

geschickten Bewegungen den vorbereiteten Kuchenteig in die Form füllte. Dabei begann sie auch unwillkürlich zu summen. Vielleicht war ja wirklich mehr an Andreas Behauptung. Schließlich würden beim Singen nicht nur Glückshormone ausgeschüttet und Stress abgebaut, hatte sie doziert, sondern auch die Atmung vertieft und die Rückenmuskulatur entspannt. Und seit kurzen sei auch bekannt, dass beim gemeinsamen Singen ein Kuschelhormon dafür sorgt, dass man sich mit anderen wohlfühlt und dass sich sogar die Herzfrequenzen angleichen.

Als sie den Kuchen für den nächsten Tag in den Backofen schob, wanderten ihre Gedanken wieder zu den Bränden. Warum legte jemand ein Feuer, bei dem er nie wissen konnte, wie weit es sich ausbreiten würde? Warum ging jemand so ein unkalkulierbares Risiko ein? In einer Zeitschrift hatte sie gelesen, dass der Großteil der aufgeklärten Brandstiftungen dem Versicherungsbetrug dienen würde. Außerdem gäbe es noch die Variante, dass mit einem Brand andere Straftaten, wie Einbruch, Unterschlagung oder sogar Mord vertuscht werden sollten. Auch Erpressung wäre ein mögliches Motiv. Sie seufzte. Brände und ihre Aufklärung schienen eine sehr komplizierte Angelegenheit zu sein, denn rund 50 % der Brandstiftungen blieben unaufgeklärt, stellte man in diesem Artikel fest. Das schien auch für Grünberg zu gelten, denn obwohl die Feuerwehr höchste Einsatzbereitschaft hatte, kamen sie meist zu spät, um noch Anhaltspunkte für den oder die Täter zu finden. Malika hatte ihr davon erzählt. als sie ihren Vorrat an Strickgarnen in der „Villa Kunterbunt" aufstockte. Ihr Bruder Ramon war bei der Feuerwehr und sie selber fürchtete immer noch, dass ihr Ex Marc Aurel hinter den Anschlägen stecken könnte.

Als der Küchenwecker erneut klingelte, griff Jessica nach ihren Backhandschuhen, die sie jedes Mal bewunderte. Das kleinteilige Muster in verschiedenen Blautönen hatte Tabea gezaubert und es war eine schöne Nebenwirkung ihrer damaligen Ermittlungen, dass die beiden Frauen wieder versöhnt gemeinsam arbeiteten.

Der Kuchenduft schien die Frauen aus dem Garten zu locken, während Lennart mit Hund und Lunch-Box schon unterwegs war.

„Dieser Kuchen ist die reinste Versuchung", schwärmte Andrea.

„Wenn ich nicht wüsste, dass morgen Julian kommt, hätte ich mich schon drauf gestürzt."

„Er ist doch noch gar nicht fertig", bremste Jessica ihre Freundin.

„Das interessiert meinen Bauch aber nicht, ich kann ja die Sahne dazu trinken oder die Schokocreme löffeln."

„Und dann ist die Taille wieder futsch! Erinnere dich an deinen Schrei vom letzten Mal, das sind jetzt genau 6 Monate her."

„Und es sind auch genau 12 Kilos die ich seither verloren habe und nur deshalb hast du ja recht. Aber man wird noch ein wenig träumen dürfen." Sie sah zum Fenster, durch das jetzt die Sonne hereinschien und zog die Jalousie nach unten. „Sylvie, wir müssen unbedingt darauf achten, dass wir unsere Gartenarbeit vormittags erledigt haben, sonst schwindet die jugendliche Schönheit dahin und noch gibt es keine Yamanaka-Faktoren als Medizin."

„Yama…was?" Jessica, die gerade ihre Lunch-Box füllte drehte sich erstaunt um.

„Mit diesen Yamanaka-Faktoren könnte man aus unserer 63-jährigen Haut, die einer 33-jährigen machen. Das wäre super, geht aber bisher nur in der Petrischale oder bei Mäusen. Und solange müssen wir mit dem leben und gut pflegen, was wir mitbekommen haben."

„Weshalb beklagst du dich?" Sylvie wirkte leicht irritiert. „Du siehst doch gut aus."

Andrea lächelte. „Danke, aber verklickre das mal dem Idioten, der gestern eine Umfrage machen wollte. Er suchte unter 60-jährige und ehe ich irgendetwas sagen konnte, winkte er ab und sagte: Sie nicht, Sie sind ja drüber. Dabei hatte er selbst mehr Falten als eine chinesische Teigtasche."

Jessica grinste. „Und das hast du so einfach hingenommen?"

„Natürlich nicht!" Andrea war aufgesprungen, weil der Ärger sie nicht auf ihrem Platz hielt. „Als er dann fragte, ob die Nachbarn in dieser Altersgruppe wären, habe ich gesagt, die sind eher ihr Alter, beide über Achtzig!"

Jessica und Sylvie lachten noch, als Andrea schon mit ihrem Lunch in Richtung Sportpalast unterwegs war.

Am nächsten Tag stand der runde Kuchen, der mit einer hellen

Frischkäsecreme, Heidelbeeren und Himbeeren verführerisch leuchtete, sicher verwahrt in der Speisekammer, denn dann hätte er doch noch in Gefahr geraten können, weil dieser Sonntag ernährungstechnisch ein „Schlampen-Tag" war. Andrea hatte das sofort festgelegt, als Sylvie ihren Vorschlag für eine Ausnahmeregelung machte. „Ich esse all das was zu den Ernährungs-Geheimnissen der *Blauen Zonen* zählt gerne und es schmeckt mir auch, aber manchmal brauche ich eine Auszeit, in der ich ohne schlechtes Gewissen auch mal etwas Anderes naschen kann. Dafür genügt mir ein Tag im Monat."

Und so gab es am ersten Sonntag des Monats statt des Müslis auch mal Rührei mit Schinken oder Bananenbrot mit Zimt oder Pfannkuchen mit Heidelbeeren oder was jeder vermisst hatte. Am Nachmittag gönnten sie sich den Kuchen nicht nur mit Obst, sondern auch mit Sahne oder Schokolade und am Abend ein Glas Rotwein oder Gespritzten.

Dieser Nachmittag war jedoch sowieso etwas Besonderes, denn die WG erwartete Besuch. Julian, der früher mit Andrea und Jessica in der Klinik zusammengearbeitet hatte und dem sie die Überwachungs-Fotos für Malikas „Villa Kunterbunt" verdankten, war für seine Arbeit in einem Forschungslabor jetzt dauerhaft nach Grünberg gezogen. Da er aber niemanden kannte, fiel ihm oft die sprichwörtliche Decke auf den Kopf. Deshalb hatte er bei Jessica angerufen, die ihn kurzerhand zum Kaffeeklatsch am Sonntag einlud. Das Wetter war schon angenehm warm, aber nicht zu heiß, deshalb hatten sie den großen runden Tisch unter dem alten Lindenbaum eingedeckt, da die Terrasse immer noch nicht fertig war und die Lindenblüten besonderen gut dufteten. Sylvie, die schon die letzten Vorbereitungen für das Abendessen traf, eilte noch zwischen Küche und Garten hin und her, denn heute sollte auch zum ersten Mal gegrillt werden, als plötzlich der Klang eines Akkordeons ertönte. Beide schauten überrascht zum Eingang, dort stand Julian, strahlte sie an und intonierte den alten Schlager: „Aber bitte mit Sahne!"

Andrea stürzte aus ihrem Sportpalast auf ihn zu und fiel ihm begeistert um den Hals, während die anderen ihn noch überrascht musterten. Julian konnte vom Aussehen locker mit Sylvies gutaussehenden Brüdern mithalten, fand Jessica. Er war auch hochgewachsen, gut trainiert und hatte lustige blaue Augen und einen Mund, der ständig zu lächeln schien.

Und diese Art des Lächelns, hatte Andrea immer betont, könnte sogar einer Nonne die Wäsche ausziehen. Obwohl er bereits Ende 40 war, hätte er mit seinen blonden Locken glatt noch als Dreißigjähriger durchgehen können.

Neben seinem Akkordeon brachte er noch zwei Flaschen Rotwein mit, die gut zu ihrer eigenen Auswahl für den Abend passten. Während Andrea den Kaffee zubereitete, gab Jessica noch eine kleine Einführung für Julian in die Geheimnisse der *Blauen Zonen* und zeigte ihm auch einige Räume in dem geerbten Haus.

„Das ist ein tolles Projekt, das ihr euch vorgenommen habt, das könnte mir auch gefallen. Nehmt ihr noch neue Mitstreiter auf? Ich kann zwar durch die Arbeit sicher nicht immer dabei sein, aber das alles interessiert mich sehr."

Als sie zum Garten zurückgingen, sah er auf der Konsole im Flur ihre Westernhüte und blieb sofort stehen. „In den *Blauen Zonen* gibt es auch Line Dance? Davon habe ich ja noch nie gehört."

Jessica lachte. „Wir auch nicht, aber uns macht es Spaß und nach dem was unsere Trainerinnen sagen, soll es fantastisch sein, um das Gedächtnis frischzuhalten. Frag Andrea danach, die hat sich umfassend damit beschäftigt, mir genügt, dass ich mich bewege und dabei auch noch Spaß habe."

Am Kaffeetisch drehte sich das Gespräch aber zuerst um die Brände, denn als Lennart von seinem großen Rundgang mit Buddy zurückkam, teilte er gleich mit, dass die Feuerwehr gerade wieder ausgerückt sei. „Es ist beängstigend, dass die Brände jedes Mal etwas größer werden, so als ob der Brandstifter anfangs geübt habe und sich jetzt etwas beweisen will."

„Ich frage mich immer, ob sich derjenige überhaupt bewusst ist, mit welcher Gefahr er da spielt, noch sind es Sachschäden, bald werden es Menschen sein." Jessica klang sehr nachdenklich. „Was mögen das für Menschen sein, was treibt sie an?"

„Nach der Statistik sind fast 90 Prozent der Brandstifter Männer und oft auch sehr junge. Solche, die noch keinen Platz in ihrem Leben gefunden haben oder voller Wut auf andere sind, die mehr haben."

Andrea hat bestimmt wieder die Psychologieseiten im Netz nachgelesen, dachte Jessica, aber ihr Gefühl sagte etwas Anderes.

„Das kann natürlich sein, aber ich vermute, dass unser Brandstifter nicht jung ist, sondern jemand der einen großen Versicherungsbetrug plant oder ihn ausüben lässt."

„Oder es ist jemand, der sich für etwas rächen will, erinnert euch an Malika. Wenn wir nicht eingegriffen hätten, wäre ihre Villa bestimmt von diesem Marc Aurel angezündet worden."

Während Sylvie ihre These erläuterte, hatte Julian erstaunt von einem zum anderen geschaut. „Ich dachte ihr seid eine ganz normale WG und arbeitet daran eine eigene *Blaue Zone* zu errichten, aber jetzt habe ich eher den Eindruck, an Miss Marples Kaffeetisch zu sitzen."

Die Frauen lachten fröhlich. „Du kennst doch unsere Vorliebe für Krimis", betonte Andrea und schob ihren Teller zurück. „Und hier können wir dieses Wissen auch erfolgreich anwenden, aber nur ab und zu. Heute jedenfalls nicht, denn heute geht es wieder um die entscheidenden Geheimnisse, die uns gesund und munter hundert Jahre werden lassen. Jessicas Kuchen ist schon ein schönes Beispiel, nicht nur die besseren Mehle, die sie verwendet, sondern vor allem die blauroten Beeren, die so etwas wie Geheimwaffen für die

Gesundheit und auch noch lebensverlängernd sind."

„Was uns wichtig ist, hat Andrea in ihrem REZEPT zusammengefasst und zu einzelnen Schwerpunkten machen wir Seminare oder
tauschen uns aus."

„Aha, daher auch der Line Dance." Julian grinste und wandte sich
an Lennart. „Und du warst auch dabei?"

„Guck nicht so ungläubig, mach lieber mit, das bringt echt eine
Menge Spaß."

„Warum nicht, wenn ich nicht der einzige Mann bin, könnte ich
mich hinreißen lassen."

„Nicole und Lilly haben uns das Tanzen ans Herz gelegt, damit
unser Gedächtnis frisch bleibt, es verhindert sogar entscheidend,
dass der zuständige Bereich in unserem Gehirn schrumpft. Ratet
mal, um wieviel Prozent es dabei geht?"

„Vielleicht 10%." Das kam von Julian.

Jessica schüttelte den Kopf. „Nein, das muss wirksamer sein, weil
wir ja ständig neue Choreografien üben, ich tippe auf 50%."

„Falsch! Ihr habt noch nicht begriffen, wie wichtig regelmäßiges
Tanzen ist, es kann sogar eine Demenz verhindern, mit einer Wahr-
scheinlichkeit von bis zu 76%, das haben mehrere Studien festgestellt. Genaugenommen müsste Tanzen vom Arzt verordnet werden."

„Super! Das würde das Problem der Couch-Potatos auch gleich
lösen." Julian lachte, aber Andrea hatte noch einen Trumpf im Är-

mel, den sie unbedingt ausspielen wollte. „Ich habe aber noch einen zweiten Tipp, der mir heute besonders wichtig ist. Tanzen steht wirklich an der Spitze, um das Gedächtnis zu stärken, wenn es aber mehr um die Erinnerungskraft geht, dann kommt das Singen gleich nach dem Tanzen. Deshalb habe ich Julian gebeten sein Akkordeon mitzubringen, die Nachbarn habe ich auch schon vorgewarnt, denn jetzt werden wir singen.“

„Ich räume schnell ab“, stoppte Jessica sie, „und hole uns von drinnen ein paar Liederbücher. Du glaubst doch nicht, dass ich jetzt schon die Texte kann. Wir haben doch erst mit dem Tanzen begonnen!“

Und so wurde es ein lustiger Nachmittag, der in einen noch netteren Abend überging und bei dem alles gesungen wurde, was Julian auf seinem Akkordeon begleiten konnte, von Volksliedern, Shanties, alten Schlagern bis zu Trinkliedern, die der Hund mit leisem Heulen begleitete. Irgendwann kippte aber die Stimmung als das Martinshorn der Feuerwehr den nächsten Brand ankündigte.

„So langsam nervt dieser Typ wirklich, wir sollten uns mal ernsthafter damit befassen“, kündigte Andrea an, als sich alle von Julian verabschiedeten.

Sie schien fest entschlossen zu sein und kam am nächsten Tag nach dem gemeinsamen Frühstück schon mit ihrem Ermittlungs-Schema, als es klingelte. Da sie noch an der Tür stand, ging sie öffnen und starrte unangenehm berührt in das Gesicht des Mannes, der vorgestern die Umfrage machen wollte. „Sie schon wieder, was wollen Sie?" Sie wusste, dass sie nicht gerade höflich war, aber dieser Mann war ihr absolut unsympathisch. Er zauberte sofort ein Lächeln auf sein Gesicht, das ihr sagte, hier ging es um einen Verkauf. „Ich bin heute hier um Sie glücklich zu machen, ich biete ihnen den absolut neuen Shademaker an, den Gartenschirm der Reichen und Schönen zu besonders günstigen Konditionen."

„Jessica, Sylvie, kommt bitte mal raus, es gibt etwas zu sehen." Nach Andreas Ruf kamen sowohl die Frauen, als auch Lennart und Buddy vor die Tür, aber der Hund benahm sich so seltsam, wie anfangs bei Sylvie. Die hatte das schon fast wieder vergessen, denn seit er seinen Bruder Rocky fast täglich sah, benahm sich der Hund wie ein Engelchen. Aber nicht heute. Er schnüffelte an den Schuhen des Verkäufers und knurrte so feindselig, dass Lennart mit ihm etwas abseits in den Garten ging. In der Zeit hatte der Mann ungerührt, sein Zubehör ausgepackt und begann den Schirm mit schnellen Bewegungen zu montieren.

„Das Besondere an diesem Gartenschirm der Extraklasse ist das Solarmodul oben, das mit einer Automatik verbunden ist. Am Morgen oder solange das Wetter trüb ist, steht Ihr Schirm gefaltet auf der Terrasse oder im Garten, aber sobald die Sonne erscheint, entfaltet er sich mit einem Durchmesser von 4,50 Metern von ganz allein. Purer Luxus, das dürfen Sie mir glauben."

„Es spricht aber auch nichts dagegen, dass ich den Schirm selbst aufspanne, wenn ich Schatten brauche." Andrea klang immer noch so angespannt, dass Jessica ihr den Arm um die Schultern legte und das Gespräch in eine neue Richtung lenkte. „Wer hat denn ihren Zauberschirm hergestellt und was kostet so ein Teil, wie sie es hier aufgebaut haben?"

„Das ist natürlich nicht in China produziert, sondern alles im Inland und kostet selbstverständlich entsprechend mehr. Genaugenommen ist es meine eigene Erfindung und bis jetzt drängen schon große Konzerne danach, die Lizenz zu erwerben, aber die ersten gehen noch ganz günstig weg."

„Wie viel?" Auch Sylvie war von dem Geschwafel schon genervt und konnte es fast nicht glauben, als der Verkäufer oder Erfinder den Preis verkündete: 6.800 Euro.

„Unser Gartenschirm, den ich schon für die neue Terrasse gekauft habe, hat nur drei Meter Durchmesser, man muss ihn auch selbst öffnen, aber er hat schlappe 160 Euro gekostet. Und das genügt uns." Jetzt wurde Jessica energisch. „Vielen Dank, dass sie uns das Zauberteil vorgeführt haben, aber wir haben keinen Bedarf."

Der Mann starrte sie fassungslos an. „Wieso sind Sie nicht in der Lage, diese wunderbaren Vorteile zu erkennen? Wir könnten ja auch über einen Kauf in Raten reden."

Aber sie winkte nur ab und ging mit den anderen Frauen wieder ins Haus. Der Mann packte mit einer muffligen Miene seine Sachen zusammen und nur Lennart hörte aus dem Garten kommend, wie er

vor sich hinmurmelte: „Pech gehabt, dann seid ihr die nächsten."
Am nächsten Morgen sprang Jessica als erste aus dem Bett, als sie
wieder den Brandgeruch in der Nase hatte. Im Backofen war noch
nichts, also musste der Geruch eine andere Quelle haben. Sie zog
sich rasch den leichten Morgenmantel über und rannte nach draußen. Schon von der Eingangstür aus sah sie die Flammen, die an
Andreas Sportpalast hochzüngelten. Sofort drehte sie wieder um
und schrie so laut sie konnte „Feuer", um die anderen zu warnen.
Dann nahm sie den Feuerlöscher, den sie gleich nach den ersten
Bränden angeschafft hatten und versuchte die Flammen zu löschen.
Es roch zwar bestialisch und die Hühner gackerten auch lauter als
sonst, weshalb sie zunächst nicht mitbekam, ob noch Feuernester
knisterten. Aber als Lennart dann noch mit einem Eimer Wasser
dazu kam, war der Spuk schon vorbei.
Nur Buddy, der aus dem Fenster gesprungen war, gebärdete sich,
als sei der Verursacher immer noch in der Nähe. Er schien richtig
wütend und bellte die Reste des Feuers an. Lennart betrachtete seinen Hund mit Sorge. „Ich hatte ihn sicherheitshalber eingeschlos-
sen, denn die Pflegerin im Tierheim hat erzählt, Buddy und Rocky
seien im letzten Moment aus einem brennenden Haus gerettet worden."
„Aber er muss irgendetwas riechen, was uns entgeht", vermutete
Jessica. „Er hat gestern auch diesen Idioten mit dem Luxusschirm
angebellt. Deine Nase müsste ich haben." Sie streichelte Buddy

und kraulte seine Ohren, was ihn wieder ruhiger machte.

Jetzt erst kamen Sylvie und Andrea gähnend nach draußen, als aber Andrea sah, dass sich der Brandanschlag auf ihren Sportpalast richtete, in dem sie erst in den letzten Wochen die Videowand montiert hatte, schwor sie Rache. „Dieses Schwein werde ich erwischen, ich weiß noch nicht wie, aber du verdammter Pyromane, du bist tot!"

„Wir sind dabei, den schnappen wir", rief Sylvie sofort und auch Lennart kam dazu, als sie alle ihre Fäuste zusammenstießen.

Nachdenklich ging Jessica ins Bad um zu duschen und sich den Brandgeruch aus den Haaren zu waschen. Anschließend informierte sie noch Malikas Bruder Ramon bei der Feuerwehr. „Wir haben das Feuer noch rechtzeitig entdeckt, bevor es großen Sachschaden anrichten oder unsere Hühner töten konnte, aber wir sind jetzt wütend genug, dass wir selbst ermitteln wollen. Du hast doch nichts dagegen?"

„Normalerweise ja, ich möchte nicht, dass ihr euch in Gefahr bringt, aber da wir bisher überhaupt keine Anhaltspunkte haben, bin ich für jede Mithilfe dankbar. Aber bitte seid vorsichtig!"

Unmittelbar nach dem Frühstück saß Andrea schon an ihrem Ermittlungs-Schema und grübelte. Jessica betrachtete sie vorsichtig von der Seite, sie war sowas von entschlossen, jetzt hätte sie garantiert kein Ohr für andere Anliegen. Nachdem ihre Freundin eine ganze Zeit lang auf das Schema gestarrt hatte, sprang sie auf. „Ich muss mir noch etwas ansehen, es kann länger dauern." Da sie sich in der Küche ihre Lunch-Box zusammenstellte, schien sie Größeres vorzuhaben und Jessica hoffte nur, dass sie sich nicht unvorsichtig und unvorbereitet in Gefahr begab.

Dieser Zustand dauerte mehrere Tage. Andrea schien mehr und mehr ihre übliche Leichtigkeit verloren zu haben, denn sie versuchte fast besessen, mehr über die Brände herauszubekommen. Sie lief zwar morgens mit den anderen um den See und nutzte auch ihren Sportpalast, aber kurz vor Mittag packte sie ihre Lunch-Box und verschwand bis zum Abendessen.

Nach drei Tagen schien sie zu einem Ergebnis gekommen zu sein. Sie rief die anderen ins Wohnzimmer und legte ihr VAMOS-Ermittlungs-Schema auf den Tisch. „Nach meiner Meinung war es dieser Sonnenschirmverkäufer. Schon als er wegen der Umfrage kam, habe ich Brandgeruch wahrgenommen, da habe ich aber noch nicht weitergedacht."

„Du hast recht und das wird es auch sein, was Buddy gerochen hat." Der sah fast bewundernd zu ihm auf, als Lennart fortsetzte: „Guter Hund, du wirst bald so schlau wie Lassie sein."

Andrea ließ sich nur kurz unterbrechen. „Inzwischen habe ich mir alle Brandstiftungen der letzten Tage genauer angesehen und ihr werdet es nicht glauben. Bei allen war vorher dieser Anton Raffer von der „Shademaker-GmbH", manche Leute haben wirklich bezeichnende Nachnamen. So wie bei uns, hat es bei allen, die keinen Kauf abgeschlossen haben, am nächsten Tag gebrannt. Und bei drei

Häusern habe ich ihn in den Abendstunden auch gesehen und foto-grafiert."

„Du hast ihn ausspioniert? Ganz allein?" Jessica konnte es nicht fassen.

„Nein, natürlich nicht! Es könnte aber sein, dass ich zufällig in die gleiche Richtung gegangen bin."

„Und Fotos ohne Erlaubnis…"

„Ach, ich will sie ja nicht veröffentlichen. Aber man kann darauf sehr gut erkennen, dass er nach der Ablehnung zu den Häusern zurückkehrt und vermutlich den Zugang abschätzt oder die Ge-wohnheiten der Bewohner ausspioniert."

„Ich glaube Andrea hat den Richtigen im Verdacht." Lennart deute-te auf das Schema. „Sein Motiv ist vermutlich Rache, denn einen Vorteil hat er ja nicht. Rache erscheint bei einem Erwachsenen zwar ziemlich kindisch zu sein, aber ich erinnere mich auch, dass er als er endlich ging, gemurmelt hat, wir wären die nächsten."

„Und die Gelegenheit hatte er ebenfalls", unterstützte jetzt auch Sylvie die These.

„Ich glaube auch, dass er etwas damit zu tun hat", seufzte Jessica. „Aber Rachegefühle allein erzeugen bestimmt nicht so viel krimi-nelle Energie, da muss noch mehr dahinterstecken. Lasst uns noch konkreter an unserem Verdacht arbeiten, vielleicht findet Fipps etwas, wenn er morgen von seinem Kurs zurück ist. Und dann bin ich dafür, dass wir zu Ramon gehen und mit ihm reden. Aber jetzt lasst uns noch etwas üben, übermorgen ist wieder Line-Dance-Kurs und ich will mich nicht blamieren."

Andrea war noch nicht ganz zufrieden, fügte sich aber.

In der Nacht gab es wieder einen Großalarm der Feuerwehr und nachdem Jessica als erste am Fenster war, rief sie auch die anderen zusammen. „Es scheint etwas Größeres zu brennen, man kann sogar aus dieser Entfernung noch die Flammen sehen."

„Das muss im Gewerbegebiet sein", vermutete Andrea, während sie sich auf die Zehenspitzen stellte, um mit ihren 1,57 überhaupt etwas zu sehen. Der Brandgeruch blieb noch lange in der Luft und die Feuerwehr rief dazu auf, die Fenster geschlossen zu halten, Sogar beim Walking um den See, blieb dieser sonderbare Geruch präsent.

„Das ist kein einfacher Brandgeruch", vermutete Jessica. „Da muss etwas aus Plastik verbrannt sein oder sogar Giftstoffe? Gibt es schon Hinweise in den Nachrichten?"

Andrea, die als einzige immer ein Handy dabei hatte und auch als einzige über die Fähigkeit verfügte, im Gehen die Nachrichten zu lesen, blieb so plötzlich stehen, dass Sylvie ihren Schwung abbremsen musste. „Ich fasse es nicht, das was heute Nacht gebrannt hat, war das Lager der „Shademaker-GmbH" und deren Geschäftsführer heißt Anton Raffer. Damit ist er geliefert."

„Aber warum sollte jemand sein eigenes Lager anstecken?" Sylvie fragte ganz entsetzt. „Das wäre doch einfach dumm."

„Das weiß ich noch nicht, aber das finde ich heraus."

Am Nachmittag kam Fipps und erzählte begeistert von dem Computerkurs, an dem er als einziger seiner Schule teilnehmen durfte. Nachdem ihn Jessica mehrfach gelobt und ihm seinen Wunschkuchen als Anerkennung überreicht hatte, bat sie ihn an den Laptop.

„Du hast bestimmt gehört, dass es heute Nacht im Gewerbegebiet gebrannt hat, uns interessieren die finanziellen Verhältnisse von dem Mann, dessen Lager abgebrannt ist. Er heißt Anton Raffer."

„Cooler Name für einen Gangster", murmelte Fipps nur und ließ seine Finger über die Tastatur tanzen. Nach wenigen Minuten pfiff er überrascht. „Das Lager gehört ihm gar nicht, es gehört einer Mathilde Hofmann. Ich vermute, dass er das Lager nur gemietet hat, aber er hat einen Versicherungsvertrag für den Inhalt, der wirklich bombastisch ist. Hat er dort Goldbarren gelagert?"

„Das wissen wir nicht, ich vermute eher, dass die Luxusschirme abgebrannt sind, die sowieso nicht verkäuflich waren, wie passend!"

„Nach dem Vertrag müsste er ziemlich viel Geld von der Versicherung bekommen, aber das braucht er auch, denn er ist nicht nur pleite, sondern hat auch noch Schulden bei den E-Werken, die haben ihm nämlich den Strom abgestellt."

„Danke Fipps, das macht vieles klarer." Als sie in die Küche zurückkam saß Andrea immer noch über dem Ermittlungsschema und die beiden Geschwister versuchten sie zu trösten.

„Gibt es etwas Neues?", fragte sie hoffnungsvoll aufblickend.

„Ich denke schon", meinte Jessica zuversichtlich. „Unser Verkäufer ist so pleite, dass man ihm seinen Strom abgestellt hat. Wie passend, dass gerade das Lager abgebrannt ist, das enorm hoch versichert war."

„Das macht ihn zum Verdächtigen Nummer 1", freute sich Andrea. Aber Jessica wandte sofort ein. „Wenn es da nicht die vielen Brände vorher gegeben hätte, die dazu führen könnten, dass ihn die Ermittler nur als Opfer einstufen, vor allem, wenn die Brände weitergehen würden."

„Eigentlich ist sein Plan ist genial, wenn er nicht so fies wäre. Wie bist du darauf gekommen?" Lennart sah sie bewundernd an, aber Jessica winkte nur ab. „Ich habe irgendwann einen Film gesehen, ich glaube mit Jeff Bridges und Glenn Close. Auf jeden Fall ging es um einen Mann, der plante, seine reiche Frau zu töten. Damit kein Verdacht auf ihn fällt, hat er vorher willkürlich mehrere Frauen getötet, immer mit der gleichen Methode, bis die Polizei der Auffassung war, es sei ein Serienkiller am Werk. In Wirklichkeit ging es nur um seine Frau und bei den Bränden ging es immer nur um dieses Lager, obwohl bestimmt auch die Rachegefühle eines Erfolglosen eine Rolle gespielt haben."

„Und damit gehen wir heute noch zu Ramon, den Rest soll die Feuerwehr oder die Polizei klären." Andrea sprang sofort auf und raffte ihre Fotos zusammen. „Danach will ich mich auf das Tanzen freuen und diesen Idioten einfach vergessen."

Ramon nahm ihren Verdacht sehr ernst, konnte aber auch noch keine Festnahme in Aussicht stellen. „Wir haben bisher in dem Lager kaum etwas Verwertbares gefunden, das auf die Brandursache schließen lässt. Aber ich glaube auch, dass er es war. Nur dafür ist jetzt die Polizei zuständig."

„Ich habe noch etwas, das ich bei unseren Nachbarn auf der rechten Seite, den Wendlers, gefunden habe. Dort hat ein Packen Papier gebrannt und als seine Frau und ich in der Asche gewühlt haben, ist uns dieses Stück Papier aufgefallen. Es sieht aus, wie ein Rest von einer Rechnung, vielleicht ist es ein wichtiges Indiz." Mit dieser Bemerkung legte Andrea noch einen größeren Papierfetzen auf den Tisch, den sie sorgfältig in eine Folie gepackt hatte.

„Das gebe ich gerne weiter", versicherte Ramon und bedankte sich bei den Frauen.

„Was war das für ein Zettel und wieso hast du ihn geheim gehalten?" Jessica musterte ihre Freundin etwas irritiert.

„Am Anfang wolltet ihr mir nicht glauben, deshalb habe ich nichts gesagt, aber ich bin fest überzeugt, dass das eine Rechnung an ihn war und sie ihm damit einiges nachweisen können."

Am nächsten Vormittag waren die Brände kein Thema mehr, sondern die Schritte für den Tanz der „Loccomotion" hieß und eigentlich ganz einfach sein sollte, wenn man denn wusste, welcher Fuß und welches Klatschen zuerst kam. Jessica wusste es nicht mehr und übte seit dem Frühstück zusätzlich. Sie war so darauf konzentriert, die Schritte in Gedanken zu wiederholen, dass sie sogar ihren Hut vergaß und die anderen sie darauf aufmerksam machen mussten.

„Tolles Gedächtnis", murmelte sie vor sich hin, während sie eilig zurückging. „Wie viele Jahre muss ich noch tanzen, bis sich der Erfolg einstellt?"

Als sie das Haus betrat stutzte sie, denn es roch sehr stark nach Benzin. Gab es im Keller etwas, das irgendwelchen Sprit enthielt und auslaufen konnte? Sie öffnete die Kellertür, die nie abgeschlossen war, klemmte aber eine der Schaufeln, die Sylvie vergessen hatte, zwischen Tür und Zarge, damit die nicht zuschlug. Dunkle Keller machten ihr immer noch Angst, und der Lichtschalter schien kaputt zu sein. Je weiter sie die Treppe nach unten ging, desto stärker wurde der Benzingeruch. Einen Moment überlegte sie noch, nach oben zu gehen und Hilfe zu holen, aber dann riss sie sich zusammen, es war wichtiger erst einmal die Lage zu prüfen. Sie tastete sich vorsichtig im Halbdunkel vorwärts und blieb erst stehen als ihr eine Benzinlache entgegen schwappte. Fassungslos sah sie, wie der Sonnenschirmverkäufer gerade den Kanister ausschüttelte, um die letzten Tropfen noch zu nutzen.

„Was soll denn das, haben Sie nicht schon genug angerichtet?"

Er drehte sich um und grinste hämisch. „Nein, ihr habt mir noch gefehlt. Mein Plan war bombensicher, bis ihr eure Nasen hineinstecken musstet. Aber damit ist es jetzt vorbei!" Er nahm ein Feuerzeug aus der Tasche und spielte damit herum, als ein wütendes Bellen ertönte. Der kleine Dackel kam eilig die Treppe heruntergestürzt und Jessica rief gleich. „Zurück Buddy!" Er reagierte zwar sofort, blieb aber in einiger Entfernung und knurrte wütend.

„Geben Sie auf! Sie machen ihre Lage nur schlimmer!"

Jessica versuchte ruhig zu bleiben, obwohl ihr von dem Geruch übel wurde und sie keine Ahnung hatte, wie sie aus dieser Situation wieder herauskommen sollte. Der Boden war glitschig und sie wäre beinahe ausgerutscht, als Raffer die Gelegenheit nutzte, sich an ihr vorbei zu drängeln.

„Und wessen Lage ist jetzt schlimmer?" Er kicherte erneut hämisch. „Meine ganz bestimmt nicht, aber für Sie könnte es ziemlich heiß werden."

Wieder schnipste er mit dem Feuerzeug, als ihn ein Schrei aus Richtung Treppe überraschte. Er wollte sich gerade umdrehen, als ihn ein heftiger Schlag von hinten traf, der ihn langsam zusammensinken ließ. Andrea hatte die Schaufel noch in der Hand, ließ sie dann aber entsetzt fallen und beugte sich über ihn. „Er ist doch jetzt nicht wirklich tot, oder?"

Jessica trat vorsichtig näher. „Ich glaube nicht, siehst du das Feuerzeug irgendwo, nicht, dass uns noch alles um die Ohren fliegt. Dann ziehen wir ihn aus der Lache und rufen die Polizei."

Das Feuerzeug hatte zum Glück nicht gezündet und inzwischen

waren auch die anderen aus dem Seminarraum geströmt, um zu helfen. Noch ehe Lennart seinen Buddy baden konnte, kam schon der Streifenwagen, um den Sonnenschirm-Verkäufer mitzunehmen.

„Vielen Dank für den Papierfetzen. Unsere Techniker haben herausgefunden, dass es eine Rechnung über Brandbeschleuniger war, damit können wir ihn festnageln. Das war echt gute Arbeit."

Andrea und Jessica strahlten höchst zufrieden, auch als die KTU angekündigt wurde, die den Keller noch untersuchen musste. Danach würde ein Reinigungstrupp die Restarbeiten übernehmen.

„Wow, bei euch ist wirklich eine Menge los", stellte Nicole fest, als sie ihre Tänzerinnen und Tänzer wieder einsammelte. „Habt ihr wieder einen Gauner geschnappt?"

Andrea lächelte stolz. „Das war der Brandstifter, der die Leute lange Zeit in Angst und Schrecken versetzt hat, aber heute ist endgültig Schluss damit, denn heute hat er völlig zurecht sein blaues Wunder erlebt."

Schmutz im „Blauen Schwein"

„Ich kann mich überhaupt nicht mehr daran erinnern, was ich früher an einem so schönen Sonntagmorgen gemacht habe", schwärmte Andrea, während die drei Frauen wie jeden Morgen den kleinen See umrundeten.

„Das kann ich dir genau sagen", lachte Jessica, „weil es bei mir nicht anders war. Wir haben am Wochenende immer bis in die Puppen geschlafen, um den fehlenden Schlaf der Woche nachzuholen und dann waren wir ohne doppelte Dosis Koffein nicht zu genießen."

„Da war ich euch auch schon voraus." Sylvie hatte sich an die Spitze gesetzt und sah jetzt zu den Freundinnen zurück. „Ich bin schon immer mit den Hühnern aufgestanden und das kann ich zum Glück jetzt auch wieder. Für nachher habe ich schon gelbe Rühreibrote und andere leckere Sachen vorbereitet. Weiß eigentlich jemand, wie weit Julian mit uns wandern will?"

„Keine Ahnung. Ich kenne zwar die Stadt inzwischen am besten, aber das Umland ist neu für mich. Wenn jedoch eine Stadt Grünberg heißt, muss ja irgendwo wenigstens ein Hügel sein." Andrea schob sich zu Sylvie an die Spitze. „Auf jeden Fall ist es eine supertolle Idee."

Das fanden die anderen auch. „Ich schätze Jeans genügen oder brauchen wir etwas Spezielles?" Andrea schaute zu Jessica zurück, aber die nickte nur. „Auf jeden Fall festes Schuhwerk."

Und so zogen die drei Frauen nach dem Frühstück mit Fipps, Julian und Lennart mit Buddy abenteuerlustig los.

„Pippa wäre bestimmt auch mitgekommen, weil wir noch nie gewandert sind, aber Oma hat sie abgeholt, weil sie morgen eine Behandlung gegen ihren Husten bekommt. Und dann wollen sie irgendetwas für das neue Schuljahr kaufen, weil wir wachsen wie der Wind", hatte Fipps stolz erklärt und einen neuen Strich an der Messlatte hinterlassen, mit der an der Eingangstür nachweisen wollte, dass er schon fast erwachsen war.

„Hast du wirklich keine Wanderkarte für uns?" Andrea versuchte Julian zu provozieren, um doch noch das Ziel herauszufinden.

„Was machst du denn, wenn wir verloren gehen?"

Julian grinste nur. „Buddy findet euch schon wieder. Aber ich gebe euch einen heißen Tipp. Wir besuchen heute ein Tier, das es nicht gibt und das normalerweise auch nicht so aussieht."

„Das kann nur ein Einhorn sein", rief Andrea, aber Julian schüttelte gleich den Kopf.

„Und ein Drachen? Die Zahl der Köpfe wäre variabel?"

Als Julian wieder verneinte, ließ sich Fipps zurückfallen und murmelte etwas enttäuscht. „Mehr Fabeltiere kenne ich nicht, höchstens noch das Ungeheuer von Loch Ness, aber das ist in Schottland."

Jessica lief zum Schluss und betrachtete ihre sonderbare Familie mit dem größten Wohlwollen. Es war einfach schön, so viel gemeinsam zu unternehmen und sich dabei doch nicht auf die Nerven zu gehen. Auch Julian hatte sich gut eingefügt, er kam nicht nur zum Tanzkurs oder zu den anderen Veranstaltungen der *Blauen Zone*, auch der Sonntags-Kaffeeklatsch mit ihm war schon eine richtig gute Tradition. Manchmal, dachte sie zufrieden, konnten gute Freunde viel angenehmer sein, als eine Familie, vor allem, wenn man keine mehr hatte.

Julian schien sich gut vorbereitet zu haben oder schon öfter in dieser Gegend unterwegs gewesen zu sein. Er wies auf alle möglichen Besonderheiten oder auch Seltsames hin, wie eine Quelle, die direkt aus einem Felsen sprudelte oder eine sehr alte und sehr dicke Linde. „Die Leute hier nennen sie Hexenlinde, ich habe keine Ahnung, ob die Hexen von hier abgeflogen sind, stabil genug ist sie ja. Der Umfang ist mit 12 m eingetragen, wir können ja ausprobieren, ob wir sie umfassen können."

„Kommen dann die Hexen raus?" Fipps grinste und Jessica war beruhigt, er schien keine Angst zu haben.

„Wir hätten Pippa noch gebraucht", schrie Fipps, als alle ihre Arme ausgestreckt hatten und es dennoch zu wenig war. „Es hätte beinahe gereicht, wenn wenigstens der Hund mitgemacht hätte."

Nach einer Stunde und einem steilen und rutschigen Anstieg erreichten sie den Namensgeber der Stadt.

„So ein richtiger Berg ist das natürlich nicht", schränkte Julian ein,

„aber er liegt immerhin 300 m über dem Meeresspiegel.“

„Und er ist für unser Picknick absolut ideal.“ Sylvie hatte sehr schnell den besten Platz gefunden, eine große Rasenbank, von der man weit über die Stadt sehen und auch bequem essen konnte.

„Ich kann unser Haus nicht erkennen, obwohl die blauen Balken doch sehr markant sind. Wir brauchen unbedingt eine Fahne oder so etwas, damit man die *Blaue Zone* schon von weitem erkennen kann, meinst du nicht auch?“

Andrea sah Jessica fragend an und die nickte sofort. „Die Villa Kunterbunt sieht jeder gleich, dieser Effekt fehlt bei uns tatsächlich. Da müssen wir uns etwas einfallen lassen.“

Nachdem alle Köstlichkeiten verzehrt waren, die Sylvie vorbereitet hatte, ordnete Lennart 15 Minuten Achtsamkeitstraining an. „Ihr legt euch bequem ins Gras, achtet auf euch, träumt vor euch hin oder schlaft einfach ein. Buddy weckt euch rechtzeitig.“

Danach führte Julian seine Wandergruppe nach einem ausgiebigen Schlenker durch einen kleinen Mischwald in eine Kleingartensiedlung. Während sie einem schnurgeraden Weg folgten, bestaunten sie links und rechts die gepflegten Gärten, in denen fröhliche Menschen am Grill standen oder beim Kaffee saßen und winkten.

„Wir nähern uns dem Ziel“, deutete Julian schon an und zeigte dann zu einem größeren Gebäude. „Seht euch das Schild an. Ich habe nicht übertrieben. „Willkommen im blauen Schwein!“

Jessica und Andrea sahen sich grinsend an. Dieses Haus hätte hervorragend in die *Blaue Zone* gepasst. Die Front war hellblau mit dunkleren Fensterrahmen und über dem Eingang hing ein leuchtend blaues Metallschild, auf dem ein Schwein leicht im Wind schaukelte. Auch im Inneren dominierte die Farbe Blau in allen Schattierungen. Die Decken auf den Tischen waren zwar hellblau, aber die Läufer und die Servietten in einem Blaudruck.

„Ich das nicht toll", rief Sylvie. „Die haben sogar das gleiche blaue Geschirr von Bürgel, wie wir auch."

Sie waren kaum eingetreten und immer noch am Staunen, als ihnen eine Frau aus der Küche kommend entgegeneilte. Sie trug weiße Berufskleidung und schien die Köchin zu sein, obwohl sie dafür beinahe zu schlank war. Ihre blonden Haare waren streng nach hinten frisiert und sie strahlte sie regelrecht mit ihren Augen an, die fast so dunkelblau waren, wie das Geschirr.

„Herzlich willkommen im „Blauen Schwein"! Ich bin Annika Seeberg, die Inhaberin. Für Sie habe ich den großen runden Tisch hier vorbereitet, die anderen Gäste sitzen draußen. Und Julian hat den Blaubeerkuchen für Sie schon vor Wochen bestellt. Kaffee trinken Sie sicher auch alle?"

Auch Fipps nickte sofort, grinste aber, als ihm dann doch Kakao in Aussicht gestellt wurde.

„Man kann's ja mal probieren", flüsterte er Jessica zu, aber die wurde gerade von Andrea im Beschlag genommen, um ein erweitertes Farbkonzept für ihr Haus zu diskutieren. Die Frau aus der

Küche servierte auch den Kuchen mit einem kleinen Teewagen, auf dem auch eine große Kaffeekanne stand und Julian half sofort beim Eingießen. Die drei Frauen tauschten überraschte und höchst neugierige Blicke aus, konzentrierten sich aber zunächst auf den Blaubeerkuchen.

„Das Rezept muss ich haben", flüsterte Jessica sofort. „Es ist zwar nicht ganz meine Mehlmischung, aber der Belag ist einmalig gut."

„Du scheinst dich hier gut auszukennen?" Andrea beugte sich etwas über den Tisch, um Julian mit eindringlichen Blicken zu fixieren. „Willst du uns etwas sagen oder sollen wir es detektivisch herausfinden?"

Der grinste verlegen und hatte auch eine Spur von Röte im Gesicht. „Da gibt es noch nicht viel zu sagen, außer, dass Annika und ich, uns sehr sympathisch sind. Aber sie hat wenig Zeit, weil sie hier ständig irgendwelche Probleme hat und ich dachte, wir könnten vielleicht gemeinsam helfen."

„Wer solchen Kuchen backen kann, dem helfen wir gerne, aber dann brauche ich auch das Rezept." Jessica lächelte erfreut. Der letzte Fall lag schon eine Weile zurück und irgendwie hatte in den vergangenen Wochen doch etwas gefehlt, ein wenig Spannung, ein wenig Nachdenken und Kombinieren und vor allem das Gefühl, ein Problem gelöst zu haben.

Nach Julians Aufforderung setzte sich Annika gleich zur Runde. „Das Rezept ist noch von meiner Großmutter, aber ich kopiere es

Ihnen gerne. Und ich wäre wirklich glücklich, wenn Sie mir helfen könnten. Ich habe zurzeit eine Menge Trouble, das liegt aber nicht an fehlender Kundschaft. Es gibt neben der Kleingarten-Anlage auch noch einen Sportverein. Dazu kommen am Wochenende noch Besucher aus dem angrenzenden Wohngebiet. Aber mir fehlen Leute. Das begann schon mit Corona, da suchten sich die Kellnerinnen andere Jobs und auch danach, als wir wieder richtig loslegen konnten, suchte ich vergebens nach Personal.

Vergangene Woche ist die letzte Kellnerin gegangen, das habe ich noch mit Hilfe meiner Mutter und meiner Tante ausgleichen können, aber jetzt kommen zusätzlich neue Probleme dazu. Im Internet bekomme ich außerordentlich schlechte Bewertungen. Die Gaststätte sei unsauber, die Küche eine Keimstätte für Bakterien. Und ich bin mir wirklich keiner Schuld bewusst, schließlich putze ich selbst. Bei mir persönlich hat sich niemand beschwert und ich weiß einfach nicht, woher das kommt."

„Da lässt sich vielleicht was machen," schlug Jessica vor, als sie sah, dass Fipps schon begeistert nickte.

„Echt? Ich habe zwar auch ein anderes Angebot, aber ziemlich teuer. Jemand hat mich angerufen, er könne diese negativen Bewertungen herausnehmen, allerdings würde das 1.800 Euro kosten."

„Wenn er das so genau weiß, dann hat er es vermutlich vorher eingestellt", vermutete Jessica und Fipps nickte. Sie sah ihn prüfend an. „Lässt sich das wirklich einfach herausnehmen?"

„Ganz easy", grinste er. „Aber ich nehme auch 1.000 Euro dafür oder einen Heidelbeerkuchen, wenn ich ihn bekomme."

„Wenn du das schaffst, dann bekommst du den besten." Annika schien innerlich aufzuatmen, das nutzte Andrea um zu fragen.

„Aber jetzt verrate uns doch mal, wie kamst du auf den Namen „Zum blauen Schwein"?"

Die Köchin lächelte. „Das werde ich oft gefragt. Vor sehr langer Zeit war hier ein großes Feld mit Waid, das ist eine Pflanze, die genauso blau färbt wie Indigo, das damals aber hier noch völlig unbekannt war. Da Blaudruck sehr beliebt war, gab es in dieser Gegend viele Färbereien, die die getrockneten Waidpflanzen auf offenen Feuern aufkochten. Irgendwann hat ein Schwein einen dieser Kessel umgeworfen und sich darin gesuhlt. Und der Legende nach soll es danach auch blau geblieben sein. Mir gefiel die Geschichte und deshalb haben wir auch alles auf Blau gestaltet."

„Und uns von der *Blauen Zone* gefällt das ausgezeichnet", betonte Andrea sofort. „Wenn wir dir noch irgendwie behilflich sein können, machen wir das gerne."

„Ich wäre schon zufrieden, wenn die unfaire Kritik verschwunden wäre. Willst du es dir mal ansehen?"

Fipps folgte ihr ohne weitere Kommentare in ihr Büro und blieb dort eine ganze Weile, so dass sich Jessica und Andrea beunruhigt ansahen. Fipps war eine ganze Menge zuzutrauen, aber solche Internet-Betrüger waren ja auch keine Anfänger.

Nach einer halben Stunde kam er grinsend zurück. „Du kannst jetzt nachsehen", murmelte er nur und setzte sich wieder an den Tisch.

Annika sprang auf, rannte in ihr Büro und kam nach kurzer Zeit freudestrahlend wieder zurück. „Fipps, du bist wirklich einmalig! Er hat nicht nur die unfaire Kritik entfernt, sondern auch noch ein Lob auf den Blaubeerkuchen verfasst. Morgen backe ich dir den größten, den ich in den Ofen bekomme."

„Hast du auch herausgefunden wer es war?" Nach Jessicas Frage zeigte er ihr nur einen kleinen Zettel mit Zahlen. „Noch nicht, das kann ich von hier aus nicht machen, aber wenn ich morgen wieder AG habe, dann werde ich wissen, wer das ist."

Auf dem Heimweg diskutierten die Frauen noch lange darüber, wodurch das Servicepersonal generell so knapp geworden war, wieso Verkäuferinnen, Krankenschwestern, Erzieherinnen, Busfahrerinnen, Kellnerinnen und Zimmerfrauen überall fehlten und wodurch es Abhilfe geben könnte, bis Andrea wieder auf ihr Farbkonzept zurückkam.

„Wir sollten alle überlegen, wie wir unsere *Blaue Zone* sichtbarer machen können. Ich werde auf jeden Fall nochmal „Zum blauen Schwein" gehen und bei Instagram darüber berichten, aber wäre es denn nicht toll, wenn es dort auch ein spezielles Angebot zu den Ernährungs-Geheimnissen der *Blauen Zonen* gäbe?"

„Das ist eine fantastische Idee, wir könnten so etwas auch mit Eva beraten oder Karla von der Drogerie, eigentlich mit allen, die durch ihre Produkte dazu beitragen können. Jeder könnte die Dinge aus dem eigenen Angebot die tauglich sind, gesondert präsentieren. Super! Und mehr Blau im Haus oder eine Fahne gehen wir demnächst an."

Am nächsten Tag kam Fipps sehr nachdenklich zu Jessica. „Was macht denn eigentlich ein Rechtsanwalt? Ist der denn nicht zuständig dafür, dass die Gesetze eingehalten werden?"

„Selbstverständlich und vermutlich gibt es viele gute Leute, die das auch mit Überzeugung tun, aber leider auch solche, die es nicht so genau nehmen. Ich vermute, dass du so etwas entdeckt hast?"

Er nickte nur und zeigte ihr einen Ausdruck aus einem Branchenverzeichnis. Jessica überflog die Angaben und zog die Augenbrauen konzentriert zusammen.

„Sonderbar, ich hatte vermutet, dass es so ein Abmahnverein sein könnte", murmelte sie gerade, als Andrea hereinwirbelte und rief: „Fipps, dein Kuchen kommt."

Dann sah sie Jessica über die Schulter. „Ein Anwalt für Immobilienrecht? Du willst doch nicht etwa verkaufen?"

„Nein, auf keinen Fall, aber hier ist etwas Sonderbares im Gang. Julian sollte davon wissen."

Als Andrea sie noch fragend anschaute, winkte sie nur ab und hieß Annika willkommen, die tatsächlich einen riesengroßen runden Blaubeerkuchen brachte. „Wir haben heute Ruhetag, da hatte ich ausreichend Zeit den kleinen Helden zu belohnen."

Fipps sah staunend auf den Kuchen. „Den müssen wir aber teilen, dann kann meine Mom etwas einfrieren, bis Pippa wieder da ist. Und die andere Hälfte essen wir alle gleich, ihr seid ja auch meine Familie."

„Das ist eine schlaue Idee." Jessica, der bei dieser Aussage richtig warm wurde, lächelte und bot Annika Platz an.

„Wenn Andrea uns etwas an ihrer Kaffeemaschine gezaubert hat, würden wir gerne noch etwas mit dir beraten. Ich darf doch beim du bleiben?"

Annika nickte nur, schien aber etwas angespannt.

„Unser kleiner Spezialist hat etwas über die Verursacher der negativen Bewertungen herausgefunden, was uns irritiert. Gab es schon mal Versuche das Grundstück zu kaufen oder dich zu vertreiben?"

Jetzt nickte Annika heftig. „Aber das ist bestimmt schon ein Vierteljahr her. Da hat eine große Investmentgesellschaft versucht, alle Kleingärten zu übernehmen, um dort eine riesige Hotelanlage mit Tennisplätzen und ähnlichem zu errichten. Sie dachten, dass es Pachtgrundstücke wären und sie die Abwicklung schnell regeln könnten. Aber die Gärten sind seit ewigen Zeiten Privatgrundstücke und es war nicht einer bereit zu verkaufen. Ich auch nicht, deshalb habe ich mich mit den anderen auch so eingesetzt."

„Sagt dir der Name Dr. Harald Schlechter etwas?"

„Ja natürlich, das war der Mann, der die Kaufverhandlung mit uns führen wollte, so ein kleiner aufgeblasener Besserwisser. Wenn er dahintersteckt, glaubst du, dass die schlechten Bewertungen so eine Art Retourkutsche sein sollten?"

Jessica nickte, war sich aber nicht sicher. „Ich hoffe, dass es sich damit erledigt hat, aber ich befürchte eher das Gegenteil. Ruf uns auf jeden Fall an, wenn jemand irgendetwas kontrollieren will. Julian hat uns gebeten zu helfen und ihm liegt ganz offensichtlich viel an dir."

Annika lächelte nur, aber äußerte sich nicht weiter.

„Und dann hätten wir vielleicht noch einen Vorschlag für dein Angebot", begann Andrea, aber Jessica hielt sie zurück.

„Bevor wir dazu kommen, sollten wir über Erleichterungen und mehr Effizienz in eurem betrieblichen Ablauf nachdenken. Wir sind natürlich keine Fachfrauen für die Gastronomie, aber für Verwaltung und Organisation schon und nur so solltest du unsere Tipps verstehen. Wenn du das Angebot auf deiner Speisekarte auf die beliebtesten Speisen und ein Tagesangebot reduzierst, könnte Fipps dir eine App vorbereiten, die deine Gäste schon vorher für die Auswahl nutzen können oder du machst ein großes Schild über dem Tresen."

„Mit der Reduzierung habe ich bereits begonnen, aber mit einer App sieht die kleinere Auswahl besser aus. Das wäre toll."

„Hinter dem Tresen steht dann nur eine Aushilfe für die Getränke", setzte Jessica fort, „gleichzeitig nimmt sie die Wünsche für die Speisen, am besten nach Nummern entgegen und gibt sie dir in die

Küche weiter. Ist das Essen fertig, holt es der Gast am Tresen ab und stellt danach sein Tablett in einen Servierwagen. Dann brauchst du keine ausgebildeten Kellnerinnen mehr und bezahlt wird beim Hinausgehen, da kann jemand an der Kasse sitzen, der nicht mehr so flink auf den Beinen ist."

„Das ist eine Superidee. Das könnte meine Mutter machen oder auch meine Tante. Bist du sicher, dass ihr keine Unternehmensberaterinnen seid?" Annika lachte und Jessica atmete innerlich auf.

„Für das Tagesgericht hätten wir noch eine Idee. Du hast bestimmt von Julian schon etwas von unserer *Blauen Zone* gehört und wir glauben, dass sich deine Gäste bestimmt auch angesprochen fühlen, wenn das Tagesgericht ab und zu ein paar Geheimnisse des Alterns ohne Krankheit weitergibt."

„Ich kann dir gerne eine Übersicht mailen. Wir haben schon einige Rezepte gesammelt, zum Beispiel Zucchini-Tomaten-Feta-Auflauf oder Mediterranes Sommergemüse mit Lachs." Andrea notierte danach eifrig Annikas Mailadresse, während Jessica zum Abschied riet. „Überleg dir unsere Vorschläge und wenn du Hilfe brauchst, melde dich bei uns."

Nachdem sie wieder allein waren, sah sie Fipps prüfend an. „Habe ich zu viel versprochen? Lässt sich das wirklich machen?"

„Dann hätte ich mich doch gemeldet." Er klang fast beleidigt. „Sowas ist easy, wir haben in der AG schon öfter Apps gemacht."

„Gut, dann bin ich beruhigt, aber nur in dieser Hinsicht."

Als Fipps anschließend im Garten nach Buddy suchte, rief sie Julian an und führte ein sehr langes Gespräch mit ihm.

Erst danach hatte sie den Kopf frei sich mit der Vorbereitung ihres Filmabends zu beschäftigen. Anfangs waren alle der Meinung gewesen, Fernsehen solle ungestört im eigenen Schlafzimmer stattfinden, aber damit fehlte oft einfach die Möglichkeit, sich auszutauschen und sich gemeinsam über etwas zu freuen. Deshalb gab es jetzt einen großen Fernseher im Wohnzimmer und jede Woche hatte einer die Möglichkeit, die anderen zu seinem Höhepunkt einzuladen. Sie hatte eine Liebeskomödie ausgewählt und alle hatten zugesagt, vielleicht auch eher zu der spritzigen Fruchtbowle, die sie vorbereitete.

Drei Tage später meldete sich Julian schon sehr früh telefonisch bei Jessica, als die WG gerade ihr Frühstück beendet hatte.

„Ich habe keine Ahnung wie ihr Frauen das macht, es ist genau das eingetreten, was du vermutet hast. Kannst du auch bei anderen Sachen voraussehen?"

Jessica lachte nur. „Also hast du etwas Konkretes?"

„Ja, zum Glück habe ich einige Tage Urlaub genommen, damit ich die Überwachungskameras kontrollieren kann und heute Nacht ist mir jemand ins Netz gegangen. Ein Mann hat richtig ekelhaften Dreck in der Küche verstreut und in der Spalte zwischen Herd und Spüle, für die ich gerade ein Gewürzregal baue, eine tote Ratte versteckt. Ich vermute, dass heute eine Kontrolle vom Veterinäramt

kommen soll, deshalb habe ich schon alles wieder picobello herge-
richtet. Könnt ihr heute noch vorbeikommen?"

Jessica sah fragend in die Runde, während Andrea sofort freudig
nickte, winkte Sylvie ab. „Ich muss mich heute unbedingt um die
Erdbeeren und die Himbeeren kümmern, es soll morgen regnen und
dann wären sie erledigt."

„Aber ich bin dabei"; rief Andrea. „Ich nehme meine gute Kamera
mit und habe auch schon eine fantastische Idee. Die sozialen Netz-
werke sind eine Macht, die man nicht unterschätzen sollte. Das
müssen vor allem die fiesen Gauner endlich begreifen!"

Lennart, der gerade mit Buddy von seinem Rundgang zurückkam,
war offensichtlich schon von Julian informiert. „Ich fahre euch hin,
das geht schneller und außerdem kann ich so auch mal direkt dabei
sein, wenn ihr diese Mistkerle aufs Kreuz legt."

Trotz ihres Misstrauens gegenüber dem neuen E-Auto musste Jessica zugeben, dass sie wirklich in kürzester Zeit und sehr komfor-
tabel vor Ort waren.

„Offiziell ist diese Gaststätte ja noch nicht geöffnet, sonst könnte
unsere Anwesenheit als Nichteinhaltung der Öffnungszeiten gewer-
tet werden. Deshalb setzen wir uns am besten in der Gaststube an
einen Tisch und tun so, als ob wir eine Feier planen würden", erklärte sie den anderen. Lange wird es vermutlich nicht dauern."

Während Annika noch in der Küche arbeitete, Julian vom Fenster
aus den Zugang beobachtete und Lennart mit Buddy den Außenbe-

reich prüfte, berieten Jessica und Andrea flüsternd ihr Vorgehen. Sie brauchten wirklich nicht lange zu warten, bis zwei jüngere Männer in die Gaststube stürmten. Sie schienen von ihrer eigenen Wichtigkeit sehr überzeugt und wollten sofort mit bereits gezückten Handys die Küche betreten. „Walther vom Veterinäramt, wir kontrollieren!"

„Moment!" Annika stoppte die beiden energisch, indem sie mit ausgebreiteten Armen den Eingang sperrte. „Die Küche in dieser Gaststätte betrete nur ich. Denn ich bin nicht nur die Inhaberin, sondern auch die Köchin. Sie können die Küche betrachten oder auch prüfen, wenn Sie dafür eine Berechtigung und selbstverständlich ein Gesundheitszeugnis haben. Kann ich das bitte sehen?"

„Nein, na ja", begann der Kleinere zu stottern. „Es liegt eine Anzeige wegen Unsauberkeit vor, dem müssen wir doch nachgehen."

„Und außerdem handeln wir hier im Auftrag der Öffentlichkeit", blies sich der Größere noch richtig auf. „Sie wollen doch sicher auch, dass ihre Gäste nicht krank werden, weil sie Essen aus einer verdreckten Küche zu sich genommen haben?"

„Das sehe ich selbstverständlich auch so", bestätigte Annika äußerst freundlich, während ihre dunkelblauen Augen wütend blitzten. „Und deshalb kommt niemand in meine Küche ohne offiziellen Prüfauftrag, unterschrieben und gestempelt von ihrem Vorgesetzten."

Die beiden sahen sich etwas verdattert an und überlegten sicher, wie sie gegen die entschlossene Inhaberin vorgehen könnten, als sich Julian als Sicherheitsberater vorstellte und auch freundlich lächelnd erklärte. „So richtig kann ich nicht nachvollziehen, warum sie unbedingt ohne Prüfauftrag in die Küche wollen, sie waren doch schon einmal da."

„Das kann nicht sein", wandte der Größere der beiden sofort ein, aber Julian sprach den Kleineren direkt an. „Sie haben heute Nacht, genau um 3.15 Uhr diese Küche betreten, haben stinkenden Schlamm und Blätter auf dem Boden verteilt und eine tote Ratte hinterlassen."

„Niemals, das ist gelogen!" Während der Angesprochene noch energisch bestritt, schaltete Julian ohne Kommentar den Monitor seines Laptops ein und zeigte einladend darauf. „Meine Kameras lügen nicht."

„Du bist wirklich ein Blödmann", begann jetzt der Größere zu schimpfen. „Da fragt man sich doch wie oft du gegen den Becken-rand geschwommen bist. Du solltest die ganze Sache nur ein wenig präparieren und lässt dich dabei auch noch filmen."

„Du hättest es ja selber machen können, aber du willst bloß beim alten Schlechter glänzen, dir aber nicht die Finger schmutzig ma-chen."

„Stopp!" Jessica griff ein, als sich die beiden gerade an die Gurgel gehen wollten. „Jetzt reden wir mal Klartext. Sie arbeiten beide beim Veterinäramt?"

„Nein, nur ich", erklärte der Größere. „Das ist mein Bruder."

„Und Dr. Schlechter hat Ihnen diesen Auftrag gegeben? Weiß Ihr Chef davon?"

„Nein, natürlich nicht, aber Dr. Schlechter hat uns eine gute Bezahlung in Aussicht gestellt und wir machen ja nur, was wir sonst auch tun würden." Jetzt schien sich der junge Mann wieder sicherer zu fühlen und seine Kompetenz nutzen zu wollen.

„Das wird natürlich auch die Öffentlichkeit interessieren, dass Sie die zu prüfenden Objekte immer vorher präparieren", betonte Jessica und wies auf Andrea, die unentwegt filmte und Kommentare in ihre Kamera sprach.

„Nein, so ist es ja nicht, aber…"

„Aus dieser Nummer kommen Sie nur noch raus, wenn Sie die Wahrheit sagen." Julians Stimme klang mahnend, aber immer noch verständnisvoll. „Es gibt zwei Möglichkeiten. Entweder wir gehen gleich anschließend mit unseren Aufnahmen und den Berichten der Anwesenden zum Bürgermeister, das Ergebnis können Sie sich vorstellen: Sie allein bezahlen für den ganzen Schlamassel, die Leute im Hintergrund sind fein raus. Die zweite Möglichkeit wäre, sie liefern uns den wirklichen Schuldigen, sie helfen uns nachzuweisen, dass Dr. Schlechter hinter allem steckt. Dann könnten wir das dem Bürgermeister gegenüber betonen und alles könnte für Sie deutlich besser aussehen."

Jessica lächelte heimlich, denn sie konnte fast fühlen, wie sich der

junge Kontrolleur regelrecht wand um aus dieser schwierigen Lage
noch einigermaßen gut herauszukommen. Es dauerte einige Minuten, in denen er erregt mit seinem Bruder flüsterte, dann aber straff-
te er sich etwas und grinste. „Man kann nicht immer gewinnen,
also was soll ich machen?"

Jessica, die genau mit dieser Wendung gerechnet hatte, zeigte ihm
ein Blatt mit einigen Sätzen. „Sie rufen Dr. Schlechter an und sagen, es gäbe ein Problem. Und dann teilen Sie ihm mit, was ich
aufgeschrieben habe. Ich hoffe, dass sie besser schauspielern können als kontrollieren und ihr Bruder setzt sich in dieser Zeit zu unserem Hundehalter." Ihre energische Ansprache genügte dafür,
dass beide genau ihren Anweisungen folgten.

Gemäß ihrem Konzept wurde dem Anwalt mitgeteilt, es gäbe ein
Problem. „Wir haben bei der Kontrolle einige Unterlagen entdeckt,
die nahelegen, dass die Eigentumsverhältnisse gar nicht so klar
sind, wie bisher angenommen."

Auf das Zeichen von Jessica rief Annika an dieser Stelle protestie-
rend: „Das ist privat, das dürfen Sie nicht!"

Ohne weiteren Kommentar schaltete der Kontrolleur sein Smartphone aus. „Wir sollen nichts anfassen, er kommt sofort."

Als Julian, der wieder am Fenster zur Zufahrt stand, das Zeichen
gab, scheuchte Jessica alle außer Annika in den Abstellraum, verfolgte aber durch die angelehnte Tür, was im Gastraum geschah.
Dr. Schlechter war nach Annikas Beschreibung leicht wiederzuer-

kennen. Er betrat schon mit der Pose des Siegers den Raum.

„Na, das war ja auch nur eine Frage der Zeit, dass ich hier alles übernehme, Frau Seeberger. Was für ein Pech für Sie, aber was ein Schlechter haben will, das kriegt er garantiert auch! Wo sind denn die Papiere?"

„Darf ich Ihre Äußerung so verwenden, wie ich sie eben aufgenommen habe?" Mit dieser Bemerkung trat Andrea in den Raum und hielt ihre Kamera genau auf Dr. Schlechter. „Es war doch richtig, dass Sie hier alles übernehmen wollen?"

Schlechter blitzte sie ungeduldig an, ging aber dann etwas zurück, als hinter Andrea auch noch Julian, Lennart und Jessica, alle mit Kameras hereindrängten und ständig Lichtblitze durch den Raum zuckten.

„Verschwinden Sie! Ich gebe keine Interviews für Lokalblätter."

„Oh, das müssen Sie eben falsch verstanden haben, ich sende gerade live im Kanal der *Blauen Zone* auf Youtube und zurzeit verfolgen ungefähr 330.000 Follower im Inland und 20.000 im Ausland, was Sie gerade erklären. Ich frage noch einmal: Ist es richtig, dass Sie dieser Frau ihre Gaststätte, ihr Eigentum, wegnehmen wollen?"

„Nein, natürlich nicht. Das müssen Sie falsch verstanden haben!"

Während er angesichts der auf ihn gerichteten Kameras und des ständigen Blitzlichtes, stur das Gegenteil seiner vorherigen Ankündigung behauptete, sah er etwas konfus zu dem Kontrolleur, der nur die Schultern hob und den Kopf schüttelte.

„Herr Dr. Schlechter, man sagte uns, Sie seien Anwalt und als solcher wissen Sie sicher auch, welche Folgen es haben kann, wenn Sie der Öffentlichkeit gegenüber eine falsche Aussage tätigen?"

„Natürlich, was soll denn das!"

Man sah Andrea an, dass sie ihre Rolle genoss und Dr. Schlechter mit tödlicher Sicherheit genau in die Lage bringen würde, die sie brauchte. „Dann darf ich noch einmal fragen, welche Rechte haben Sie auf das Eigentum von Frau Seeberg?"

Dr. Schlechter verzog das Gesicht, sicher wäre er jetzt lieber woanders gewesen, aber dann antwortete er doch. „Ich habe keinerlei Rechte auf das Eigentum von Frau Seeberg, hier scheint ein Irrtum vorzuliegen."

„Aber Sie haben doch immer noch die Absicht, die Kleingärten verschwinden zu lassen, damit hier eine Luxus-Hotelanlage errichtet werden kann?"

Jetzt hob er genervt die Arme. „Ich weiß nicht wer Ihre Informanten sind, ich habe niemals eine solche Absicht geäußert und dabei bleibe ich."

„Vielen Dank für dieses Interview", schloss Andrea jetzt ab. „Der Mitschnitt bleibt noch ein Jahr in der Mediathek, da können Sie sich gerne noch einmal ansehen, sollten sie es aber weiterverwenden wollen, dann nur mit unserer Genehmigung."

„Danke, kein Bedarf!" Mit dieser Bemerkung verließ er eilig den Gastraum und anschließend auch mit aufheulenden Motor das

Grundstück. Julian war in der Zwischenzeit mit den beiden jungen Männern nach draußen gegangen und ermahnte den Größeren eindringlich bei seinem Vorgesetzten gleich reinen Tisch zu machen, ehe der Bürgermeister informiert würde. Als er in den Gastraum zurückkam, hatte die Erleichterung schon eingesetzt.

„Andrea, du warst die Größte!" Jessica japste vor Lachen. „Für dieses Interview hättest du einen Oscar verdient. Ich finde, wir sollten dieses Filmchen wirklich bekannt machen, die Kleingärtner werden ruhiger schlafen können und Freude haben sie bestimmt auch daran."

„Müssen wir denn jetzt immer noch zum Bürgermeister? Hat sich denn nicht jetzt alles erledigt?" Annika schien sich bei diesem Gedanken nicht wohlzufühlen. Aber Jessica und Julian regierten sofort und schüttelten ablehnend den Kopf. Julian, der das weiche Herz von Annika kannte, betonte gleich: „Das wäre die falsche Reaktion. Die beiden haben schwerwiegende Fehler gemacht, einer ist eingebrochen, der andere hat seine Position vorgeschoben, um dir zu schaden und das auch noch für Geld!"

Und Jessica setzte nach. „Sie müssen jetzt spüren, dass falsches Handeln auch Konsequenzen nach sich zieht, sonst machen sie beim Nächsten genauso weiter. Es gibt viel zu viele junge Leute, die zu Straftätern werden, weil sie beim ersten Fehler zu nachsichtig behandelt wurden. Aber jetzt lasst uns von etwas völlig Anderem reden. Wie wäre es mit einer Siegesfeier?"

Und nachdem dieser Vorschlag begeistert bejubelt wurde und in einem spontanen Umtrunk mit Gespritztem endete, sprudelten eine Menge Ideen, die Jessica und Andrea akribisch sammelten.

Eine Woche später startete die Feier an einem Montag im „Blauen Schwein". In der Zwischenzeit war die App von Fipps bereits eingeweiht, eine Aushilfe stand am Tresen und Annikas Mutter freute sich über ihre neue Registrierkasse.

Für die Feier hatten Annika und Sylvie gemeinsam ausschließlich blaue Lieblingsrezepte vorbereitet und Jessica steuerte einen großen Kuchen bei, der mit einem blauen Schwein verziert war. Neben der blauen WG und natürlich Julian, nahmen die Kids, Katja und auch einige der aktivsten Streiter aus der Kleingarten-Anlage teil, während Nicole und Lilly als DJane verpflichtet wurden.

Es gab zahlreiche Lobesreden auf den Sieg, viel Spaß und Beifall für Andrea, als der Clip mit dem Interview noch einmal gezeigt wurde, aber der wirkliche Höhepunkt war der anschließende Tanznachmittag. Nicole und Lilly brachten alle auf die Beine mit ihrem Motto: *Line Dance kann jeder*!

Mit gutem Beispiel gingen Fipps und Pippa voran, die den „Hucklebuck" demonstrierten, den Jessica eifrig und ausdauernd mit ihnen geübt hatte und den sie wesentlich schneller beherrschten, als sie beim ersten Mal. Und natürlich wollte keiner von den Anwesenden weniger wagen und daher machten viele verkehrte Schritte oder klatschten an der falschen Stelle, hatten aber dennoch Freude bis zum Schluss.

Irgendwann an diesem Abend setzte sich eine alte Dame zu Jessica.

„Ihr Onkel wäre so stolz auf sie und auch darauf, was sie mit dem Haus gemacht haben. Er hatte so viel vor, aber auch so viel Unglück im Leben."

„Sie kannten ihn?" Jessica rückte wegen des Lärms etwas näher.

Die alte Dame nickte. „Er und meine Schwester kamen mir immer wie Romeo und Julia vor, obwohl sie schon älter waren, als sie sich trafen. Sie liebten sich sehr, aber meine Schwester war schon sehr krank, eine Blutkrankheit. Er wollte sie retten und hat alles vorbereitet, dass dort auch Pflegekräfte übernachten konnten."

Damit wären die Zimmerkombinationen erklärt, überlegte Jessica. Dann erinnerte sie sich an die Briefe aus dem Keller.

„Hieß sie Elisabeth?"

Die alte Dame nickte überrascht und schien schon wieder in Erinnerungen versunken..

„Wir haben Briefe gefunden, aber außer dem Namen konnten wir leider kaum noch etwas lesen. Es muss eine besondere Beziehung gewesen sein."

„Auf jeden Fall, meine Schwester ist glücklich gestorben, weil sie in seinen Armen lag. Deshalb freut es mich so, dass neues Leben und vor allem Fröhlichkeit und Glück wieder in das Haus einziehen. Machen Sie unbedingt so weiter. Beide wären sehr stolz darauf. Und jetzt werde ich mich auch mal an diesem lustigen Tanz versuchen.“

Jessica sah überrascht, dass sich die alte Dame neben Fipps und Pippa stellte und beim Tanzen gar nicht so ungeschickt war und sogar neben Sylvie und Andrea bestehen konnte.

Sie lehnte sich zufrieden zurück, sah ihre neue Familie lustig herumtollen, nahm die intensiven Blicke wahr, die Katja und Lennart tauschten, erkannte Annika und Julian, die sich in einer dunklen Ecke küssten und war in ihrer ganz speziellen *Blauen Zone* einfach glücklich. So konnte es weitergehen.

ENDE

Von der Autorin sind im BoD-Verlag bereits erschienen:

Cosy- Crime-Geschichten:

- Die Schlager-Goldies greifen ein -1
- Die Schlager-Goldies greifen ein -2
- Die Schlager-Goldies greifen ein -3
- Machen wir es wie Miss Marple - 1
- Machen wir es wie Miss Marple -2
- Sophie und die Krimifrauen vom alten Bahnhof -1
- Sophie und die Krimifrauen vom alten Bahnhof -2
- Sophie und die Krimifrauen vom alten Bahnhof -3
- Der Sonntags-Krimiclub

Romane:

- Die Weiberwirtschaft - *Frauenpower im Mühlengrund*
- Die Silver Girls - *Das Programm gegen Jugendschwund*

Unmögliche und fantastische Geschichten 1-7:

- Das gibt es doch nicht!
- Das ist wirklich das Allerletzte!
- Jetzt ist aber Schluss!
- Alles auf Anfang!
- Und wo bleibt mein Wunder?
- Aufgeben ist keine Option!
- Ab jetzt volles Risiko!

Kinderbücher

- Der Club der kleinen Millionäre -1-
  Coole Kids und der clevere Umgang mit Geld
- Der Club der kleinen Millionäre -2-
  Von Pfunden, Freundschaft und Hunden
- Der Club der kleinen Millionäre -3-
  Coole Kids und eine rätselhafte Schatzkarte

- Klara und die Monster
  Mit Mut-Punkten gegen die Angst

Ratgeber

- Immer wieder aufstehen!
  Kurzgeschichten zum Mut machen
- Das Monster im Schrank
  Wenn Kinder Angst haben -